푸른사상 시선 147

더글러스 퍼 널빤지에게

푸른사상 시선 147

더글러스 퍼 널빤지에게

인쇄 · 2021년 8월 18일 | 발행 · 2021년 8월 25일

지은이 · 백수인
펴낸이 · 한봉숙
펴낸곳 · 푸른사상사

주간 · 맹문재 | 편집 · 지순이, 김수란, 노현정 | 마케팅 · 한정규
등록 · 1999년 7월 8일 제2-2876호
주소 · 경기도 파주시 회동길 337-16(서패동 470-6) 푸른사상사
대표전화 · 031) 955-9111(2) | 팩시밀리 · 031) 955-9114
이메일 · prun21c@hanmail.net /prunsasang@naver.com
홈페이지 · http://www.prun21c.com

ⓒ 백수인, 2021

ISBN 979-11-308-1810-8   03810
값 10,000원

푸른사상
시선
147

더글러스 퍼 널빤지에게

백수인 시집

푸른사상
PRUNSASANG

대대로 10대를 이어온 고향집을 이제 내가 지키게 되었다. 마당가에 서서 들판을 바라보기도 하고, 산골짜기에 흐르는 물소리를 듣기도 한다. 유년 시절 걷던 논길이 있고, 뒤 사립을 열고 나가 손발을 씻던 그 도랑물이 지금도 그대로 흐르고 있다. 산등성이 솔숲 사이로 부는 바람 소리도 여전하다. 담장 옆 붉은 동백이 피었다 지고, 돼지우리 뒤 감나무도 연초록 잎사귀를 틔운다. 시간은 흐르는 것인가 정지해 있는 것인가.

유년 시절 나를 감싸던 솔바람은 나에게 '시'를 데려다주었고, 나는 그와 함께 한 생을 살아왔다. 돌이켜보면 그는 나에게 꾸준히 입을 것과 먹을 것을 주었고 내가 쉴 수 있는 집까지 마련해주었다. 나는 그에게 참으로 많은 빚을 지고 살고 있음을 이제야 깨달았다. 지금부터라도 나를 키워준 그에게 고마워하는 마음을 드러야겠다.

허물어진 돌담 너머로 나뭇잎들이 출렁이고, 나뭇가지 사이로 작은 새들이 포르르 날아오르는 모습이 보인다. 올여름 밤

엔 앞마당에 평상을 펴놓고 반듯이 누워 수많은 별들의 반짝
이는 몸짓을 내 가슴에 담뿍 담아야겠다.

2021년 8월
사자산 기슭 장천지가(章泉之家)에서
백수인

■ 시인의 말

제1부

섣달그믐   13

아버지의 가지산   14

톱   16

노루발   18

눈 내리는 아침   19

아버지의 일기장 — 유배   20

아버지의 일기장 — 마당   22

아버지의 방   24

어느 봄날의 쓸쓸함   25

남바우들판 건너기 — 바람과의 전쟁   26

시인의 무덤   28

고사리 꺾기   30

벌목   32

아버지의 손목시계   34

제2부

겨울 울란바토르   37

문 — 광동대협곡에서   38

소 발자국   40

궁전의 새 — 터키 여정에서   41

병마용갱   42

고로쇠나무   44

몽골 설원에 서서   45

두만강변에서 부르는 노래   46

혼불의 비행 — 터키 카파도키아에서 열기구를 타다   48

몽골의 칭기즈칸   50

출발 지연   52

그리운 금강산   54

검은 목소리   56

제3부

눈썹은 칼이다   59

옹이   60

동적골 연리목   62

사위질빵   63

풀독   64

뜬구름   66

단풍나무의 근육   68

땅굴 속 풍경 — 대장내시경 검사를 하다   69

더글러스 퍼 널빤지에게   70

등나무꽃   72

홍시 먹기   73

절벽 아래에도 매화는 피는가   74

눈썹달과 여우 꼬리   75

꿈 이야기   76

민들레 홀씨   77

강아지풀   78

한삼덩굴   79

제4부

기양사 자목련　　　　　　　　　83

사자산　　　　　　　　　　　　84

석대벌 여장군　　　　　　　　　86

오월의 분수대　　　　　　　　　88

나는 지구다　　　　　　　　　　91

정남진에서 하얼빈까지　　　　　94

한라산 기슭에서 무등을 바라보네　97

억불바위　　　　　　　　　　　100

두만강으로 달려간다　　　　　　102

목장갑 한 짝　　　　　　　　　104

너럭바위　　　　　　　　　　　106

주먹밥　　　　　　　　　　　　108

평화에 대하여　　　　　　　　　110

헬리콥터　　　　　　　　　　　112

징검다리를 건너며　　　　　　　114

■작품 해설 무한한 보편성의 언어 － 손남훈　116

9

제1부

섣달그믐

할아버지 돌아가신 후 아무도 기거하지 않은 냉랭한 사랑채 아궁이에 군불을 땐다 칠 년 동안 비어 있던 가마솥이다 잔별 가득 영혼처럼 반짝이는 샘물을 길어 빈 세월을 채운다 바람에 구르던 낙엽 몇 잎이 불쏘시개다 불을 붙이자 매운 연기에 눈물이 왈칵 쏟아진다 눈물을 훔치며 몇 번을 붙이고 또 붙이자 이내 불꽃으로 타오르기 시작한다 한철 뙤약볕을 머금고 있는 콩깍지 몇 뭇을 태우고 한철 비바람을 보듬고 있는 깻단을 태우고 또 태운다 그리고 부러진 소나무 가지를 불타는 아궁이에 집어넣는다 한겨울 산골짜기를 훑고 지나가는 솔바람 소리 들린다 할아버지 한평생이 소나무의 나이테로 환하다 아궁이 안에서는 세상 모든 게 벌겋게 타오르다 결국은 새까만 숯으로 사라진다

나는 따끈한 아랫목에 할아버지 자세로 눕는다 할아버지 카랑한 기침 소리 들린다 섣달그믐 밤이 유성처럼 흐른다

아버지의 가지산*

아버지는 빨치산이었다
장흥 유치 보림사 뒷산 가지산에서
허벅지에 총을 맞고 잡혔다
그 후 평생을 그 가지산을 등에 지고 사셨다

논에 물 대러 갈 때에도
마을회관에 나갈 때에도
면사무소나 군청에 갈 때에도
그의 등엔 항상 가지산이 업혀 있었다

아버지가 짊어진 가지산에는
천년고찰의 목탁 소리 대신 총소리가
쨍하고 울리곤 했다

미전향 장기수 리인모 선생이 판문점을
지나 북으로 갈 때에도
아버지의 가지산에선 총소리가 났다
겨울 산골짜기 얼음 깨지는 발자국 소리가 났다

병실에서 의료진이 회진을 돌 때면
"나는 죄 없는디, 왜 나를 잡으러 온다냐?"
속삭였다
"나는 아무 죄도 없는디……."

아버지는 끝내 그 산을 부리지 못하고
산속으로 가셨다

2018년 4월 27일 9시 30분
남북의 두 정상이 손을 잡고
판문점 군사분계선을 넘나드는 찰나
나는 티브이 앞에 앉아 눈물을 흘리고 있었다
그때 큰 산 무너지는 우렛소릴 들었다
뒤를 돌아보니 가지산을 부려버린 아버지가
빈 몸으로 활짝 웃고 서 계셨다

* 가지산(迦智山) : 전남 장흥 유치 보림사 뒷산. 한국전쟁 때 빨치산의
  본거지 중 하나였다.

톱

그것은 태초의 이빨이다
모든 존재를 물어뜯을 수 있는 무시무시한 치열이다

팔을 자를 수도
다리를 자를 수도
몸통을 자를 수도 있다

한밤중 잠을 깼다
치매기 있는 아버지
아파트 방문들을 여닫고 다니셨다
"톱이 있어야것는디 어따 뒀는지 못 찾것다야
대가 저렇게 쑥쑥 올라오는디……"
아버지는 포기하고 다시 잠자리에 드셨다

봄볕 서럽게 따뜻한 날
홀로 계신 어머니의 텃밭
사이사이 대나무 순이 쑥쑥 올라오고 있었다
내 손에 어느새 이빨 번쩍거리는 톱 한 자루 들려 있었다

아버지는

튼튼하게 흐르던 강물을 자르고 시간의 둥지 속으로 가

셨고

나는 무섭게 솟아오르는 대나무들을 자른다

노루발

어머니의 재봉틀, 그 노루발은 지금도 살아 있다
밤이면 시냇물 소리를 내며 어디론가 흘러간다
노루발은 종종거리며 텃밭으로 갔다가
수렁논을 거쳐 목화밭으로, 무밭으로 돌아든다

내 밑 터진 바지와 저고리를 만들어내던
어머니 재봉틀의 노루발
달달달 지나가면서 개천을 만들고
거꾸로 돌아오면서 호수를 만든다
산을 오르고 들판을 건너서 바닷가 모래밭에 이르면
검푸른 파도와 가지런한 수평선을 만난다

어머니의 재봉틀은 지금도 살아 있다
노루발은 생의 찰나마다 발자국을 남기고
노루발은 지나는 거리마다 깃발을 꽂는다
밤이면 밤마다 간이역을 지나며 속삭인다
기나긴 철로를 쉼 없이 달려서
영원의 시간 속으로 돌아가고 있다고

눈 내리는 아침

아침에 일어나 창밖을 보니
함박눈이 푹푹 내리고 있네
하마터면 어머니께 전화할 뻔했네
고향집 대숲에도 눈이 내리고 있냐고
어머니 가시고 처음 내리는 눈

이승 떠나 한세상 고개 너머
어머니 사시는 곳
전화해서 물어볼거나
거기 어머니 텃밭 이랑마다
눈이 내리고 있냐고
좁은 눈길 이고 오시는 물동이에도
함박눈이 펑펑 내리고 있냐고

아버지의 일기장
― 유배

흥건하다 땀이 흥건하다 피가 흥건하다 고통이 흥건하다
걱정이 흥건하다

아버지는 아들을 강제로 제주도로 보냈다 사실 보낸 건
'시대'였다 아니다 아버지의 작은 가슴이었다 제주행 비행
기는 취해 비틀거렸다 프로펠러가 가끔 헛돌았다 짙은 구름
이 프로펠러에 감겼다 풀리곤 했다 창밖에 내려다보이는 작
은 섬들이 하나 둘 하늘로 솟구쳤다가 사라졌다 섬들이 다
시 조용히 가라앉고 흰 구름이 흐믈흐믈 녹아내릴 때 늙은
새는 가지에 겨우 앉았다 새가 가지에 다다르자 차디찬 사
슬이 아들의 온몸을 가두었다 한라산 꼭대기 떠도는 구름이
이 광경을 가만히 지켜보고 있었다

제주 시가지는 멀쩡한데 성판악 부근엔 폭우가 내렸다
5·16 횡단도로가 바람에 뒤뚱거렸다 도로엔 이념 감옥의
죄수들, 땀과 피가 흥건했다 도로는 이미 산을 둘로 쪼개놓
았다 성판악에선 간혹 카랑한 총소리가 골짜기를 둘로 쪼개

곤 했다 그때마다 한라산이 순간 움푹 파이곤 했다

천지연폭포는 끊임없이 산을 토해내는데 산은 '시대'처럼 물처럼 지리하게 흘렀다 그리하여 마지막 바다에 닿는 것은 늘 흥건한 부끄러움이었다 파도는 너무 게으르게 철석거리며 슬픈 뱃고동 소리를 삼키고 있었다 저승 같은 이어도가 저만치서 자꾸 손사래를 쳤다

아버지의 일기장
― 마당

　헤드라이트가 지나간 뒤의 어둠은 아찔하다 어둠을 등에
지고 골목을 돌아 대문을 열고 들어서면 마당이다 마당에서
다시 문을 열면 또 마당이다 다시 문을 열면 또 마당이다 나
는 밤새 마당에서 마당으로 다시 마당에서 마당으로 들어갔
다 아버지는 수천 겹의 마당을 만들어놓고 마당을 지고 마
당 속으로 가셨다.

　아버지의 마당에선 총소리가 났다 겨울 유치 가지산 골짜
기 얼음 사이를 흐르는 물소리가 났다 솔바람 소리가 얼음
보다 차가웠다

　총소리가 아니라 공사장 다이너마이트 터지는 소리였던
가 물소리가 아니라 무논에 써레질하는 소리였던가 솔바람
소리가 아니라 눈 내리는 밤 나뭇가지 꺾이는 소리였던가

　마당은 늘 기울어졌다 기울어진 마당을 돌면 멀미가 났다
멀미 속엔 바닷물이 가득 출렁거렸다 비린내가 울타리 사이
로 빠져나갔다 빠져나가도 마당이다

　마당이 기운 것이 아니라 돌담이 쓰러졌던가 멀미가 아
니라 이명이었던가 이명 속에 소나기 내리는 들판이 있었
던가 울타리 사이로 빠져나간 게 비린내가 아니라 거름 냄

새였던가

　마당에서 빠져나가도 또 마당이었다는 기억만 또렷하다
헤드라이트가 지나간 지 오래다 수많은 별빛들이 쏟아져 온
마당에 쌓이고 있었으나 마당을 지고 가신 아버지는 이 마
당에 계시지 않았다

아버지의 방

감나무 마른 가지 같은 아버지의 한 생애를 양지바른 산 중턱에 묻어두고 터벅터벅 돌아왔다 뒤란에 목련이 새하얗게 흐드러진다 하얀 꽃 사이사이 새소리조차 서글프다

방에 들어서자 아버지는 나보다 먼저 돌아와 계신다 온 방에 아버지가 가득하다 벽에도 이불에도 책장에도 서랍에도 아버지 목소리가 가부좌로 앉아 계신다 아버지의 밭은기침 소리에 문풍지가 바르르 떤다 그때 괘종시계는 벌써 세 점을 친다

어느 봄날의 쓸쓸함

할머니 할아버지 돌아가시고
아버지 어머니마저 가셔버린
고향집 봄날

목련도 흰 꽃 피지 않더니
다투어 피어나던 철쭉도,
그 풍성하던 모란 한 송이도
피어나지 않는구나

아버지가 그토록 아끼시던
마당가의 소나무 한 그루
스멀스멀 말라 죽어가네

감나무 가지 끝에 홀로 앉아 우는
새소리만 빈 하늘로 날아오르네

남바우들판 건너기
─ 바람과의 전쟁

된바람 몰아치는 겨울 하굣길
남바우들판을 건너는 것은
두려움이다
참새들조차 추위를 피해
초가집 처마에 깃들어야 하는 매서운 추위
온 들판은 허허롭게 비어 있다

들판을 건너려면 우리는
아랫마을 마지막 집 흙담 아래 옹기종기 모여
잠시 햇볕바라기를 해야 한다
잠시 후 벌어질 바람과의 전쟁을 위한 마음의 준비다
책보자기를 등허리에 단단히 묶고 모자를 꾹꾹 눌러 쓴다

드디어 우리는 일제히 달리기 시작한다
북녘 산등성이를 넘어오는 된바람은
온 대지를 할퀴고 지나간다
우리는 황산벌 싸움에 나선 백제 병사들이 된다
바람의 화살은 우리의 얼굴과 가슴과 팔다리에 무수히 꽂

힌다

긴 들판이 끝나고
마을 어귀 팽나무 언덕에 당도하면
전장에서 돌아온 우리는
볼그스레한 얼굴을 서로 쳐다보며
온몸에 박힌 바람의 화살촉들을 하나하나 빼낸다

마을의 온기가 우리의 몸을 따뜻하게 감고 돌면
그때 손발이 아려오기 시작한다
얼었던 손발이 녹으면서 주는 속 깊은 아픔이다

새봄 연못가의 얼음이
녹아내릴 때면
그 고통에 '쩽 쩽' 소리치기도 하고
어떨 때는 속으로 눈물을 흘리는가 보다

시인의 무덤

아득한 옛날의 시인을 만나기 위해 숲가에 다다랐다 도랑
은 나무들 뿌리 사이로 도란도란 흐르고 있으나 함부로 건
너기 어렵다 도랑 둑 너머엔 가시덤불 같은 험난한 시간들
이 널브러져 있다 깊이를 가늠해보고 노둣돌을 놓고서야 겨
우 골짜기에 오를 수 있다 예약된 길들은 갑자기 사라지고
골짜기마다 나뭇가지들이 두 팔을 벌려 가로막고 있다 그
아래엔 웃자란 칼날 같은 풀잎들이 번득인다 골짜기를 버리
고 등성이를 향하면 사방이 혼돈처럼 흔들린다

얼마나 더 헤매고 뒷걸음질을 쳐야 하나 햇빛이 수풀 사
이로 순간 떨어져 비칠 때 손을 잡아주는 한 그루 잣나무를
만난다 그는 몇 년 전 죽은 동생의 빨간 장갑을 끼고 있다
장갑이 가리키는 쪽엔 두꺼비가 알을 낳아놓은 늪이 길게
늘어져 있다 조심스레 늪을 지나 발목에 감기는 칡덩굴 같
은 피로를 떨치고 언덕에 오르니 키가 큰 소나무가 세 그루,
그 아래 시인은 깊은 잠에 빠져 있다 소박한 묘비명은 어느
새 바람에 펄럭거리고 덮고 있던 이불은 낡아서 빠져나온
솜들이 한 움큼씩 여기저기 흩어져 있다

잠들기 전 그가 써놓은 시들은 땅속 깊이 뿌리를 내리고 빨간 열매들을 주렁주렁 매달고 있다 그 가지 사이로 뭉게 구름이 피어오른다

고사리 꺾기

산밭에 고사리가 쑥쑥 올라오고 있다
돌아가신 어머니 폼으로 고사리를 꺾는다
부드러움을 꺾는다
웃자라서 잎을 피워버리면 이미 고사리가 아니다

탐색의 눈으로 발부리 앞에서부터 신중하게 훑어본다
눈에 걸려들면 단호하게 꺾는다

어떤 놈은 칡덩굴 아래 모습을 숨기고
어떤 녀석은 그림자에 몸을 가리고 있다

잡풀 속을 비집고 오롯이 고개를 내민 고사리
위에서 내려다보면 보이지 않다가도
몸을 낮춰 가만히 앉아 보면 보인다
남쪽에서 보면 보이지 않다가도
북쪽으로 돌아가 보면 보인다
가까이서 보면 보이지 않다가도
저만치서 보면 보인다

꺾고 또 꺾으면서 앞으로 가다가
문득 뒤돌아보면 거기 또 서 있는 고사리들

어떤 놈은 작지만 오동통하고
어떤 놈은 키는 큰데 허약하고
어떤 놈은 작고 가늘고
어떤 놈은 크고 통통하고
어떤 녀석은 작지만 튼튼하고
어떤 녀석은 작지만 뻣세고
어떤 녀석은 크지만 보드랍다

"배가 툭 불거진 놈은 속에 벌가지 들어 있어서 못 묵어
야~"
　산밭 밑에 일하시던 뒷집 아재의 충고가 나뭇가지 사이로
넘어온다

벌목

창밖
소나무 동백나무 어우러져 있는 숲에
잡목들이 무성했다
소나무 붉은 피부의 자태도
동백의 윤기 나는 잎사귀와 붉은 절개도 볼 수가 없었다

시야를 가린 잡목들을 자르기로 마음먹고
낫과 톱과 양손가위를 들고 숲으로 들어갔다
나는 톱과 낫으로 잡목들의 어깨를 자르고 몸뚱이를 베
었다
그들은 팔이 잘리고 다리가 잘려 하나 둘 쓰러지고
고요했던 숲이 몹시 흔들리기 시작했다

그때였다
돌연 잡목들이 나를 공격해 오기 시작한 것이다
참나무, 오리나무, 가죽나무들이 일제히 나를 향해 달려
들었다
내 톱과 낫을 빼앗아 도리어 나에게 휘둘렀다

나는 혼비백산 겁을 먹고 언덕을 굴러 내려와 줄행랑을
쳤다

　간신히 숨을 가다듬고 정신을 차려보니 나는 이미 사람의
길에 쓰러져 있었다

　나무들의 세상에 함부로 들어가서 겪은 무서운 꿈이었다

아버지의 손목시계

지금 아버지의 시계는 내 손목에 있다 초침은 부지런히 두 팔을 휘저으며 강변길을 열심히 걷고 있다 그는 언젠가는 강물이 흐르는 속도에 맞춰 위와 십이지장, 작은창자와 큰창자를 거쳐 막다른 골목에 다다를 것이다 거기엔 온갖 시간들이 몰려 웅성거리는 바다가 있을 것이다. 망망한 바다는 끝이 아니다 시계는 파도치는 해변에서도 살아 있고, 구름 속에서도 열심히 제 갈 길을 가고 있을 것이다 비가 쏟아질 때도 물처럼 살아 흐를 것이다. 열심히 강변길을 걷고 있을 것이다

원래 시계는 아버지의 팔목에 있었다 진지를 잡수실 때나 산책을 하실 때나 텃밭에서 잡초를 뽑을 때나 항상 아버지의 팔목에 있었다 화장실에 가실 때나 텔레비전을 보실 때나 주무실 때에도 항상 아버지의 왼쪽 팔목에 감겨 있었다 아버지가 생의 마지막 깊은 숨을 몰아쉬는 찰나에도 초침은 거기에서 열심히 걸어가고 있었다 아버지는 시계 속으로 걸어 들어가시어 열심히 강변길을 걷고 있고 강물은 삶의 시간 속으로 흐르고 있었다

제2부

겨울 울란바토르

나는 천천히 칭기즈칸의 가슴속으로 빨려들어갔다 그 가슴은 깊으나 차가웠다 몇 개의 문을 거쳐 그 가슴에서 빠져나오자 온통 매캐한 연기였다 나는 몽골 인민들의 게르를 한 채씩 들이마시며 길을 걸었다 그때 전생의 푸른 초원 위를 달리는 말 떼가 스쳐지나갔다

거리는 이미 왼쪽과 오른쪽이 바뀌어 있고 모든 길은 국회의사당 앞 칭기즈칸 광장으로 통해 있었다 여기에서 민초들이 역사의 방향을 바꾸어놓았다 지나가는 자동차를 탔더니 운전석이 이미 왼쪽에서 오른쪽으로 바뀌어 있었다

톨강은 꽁꽁 얼어붙어 꼼짝도 못 하고 있었다 강을 덮은 눈과 얼음, 매서운 추위도 아랑곳하지 않고 강심 밑바닥에는 여름밤의 낭만처럼 그 방향 그대로 강물은 여전히 흐르고 있을까 거기에 살랑살랑 유영하는 물고기 떼가 고전처럼 살고 있을까

문

— 광동대협곡에서

철쭉꽃 만발한 어느 봄날의 산책길, 그 붉은 빛깔 찍으려고 카메라 앵글의 문을 열었다 앵글 속엔 부산하게 움직이는 꿀벌 한 마리 손발 비비면서 달콤한 꿀맛의 황홀경에 빠져 있다 그 벌, 꽃 속에서 꽃잎을 딛고 다른 꽃잎의 문을 열고 오르려다가 쭈르르 아래로 미끄러지는 걸 나는 보았다 이렇게 미끄러지는 게 생이다 그런데 벌의 생은 미끄러져도 또 꽃 속이다 꽃 속의 문은 다시 꽃 속으로 나 있기에

나는 시간의 문을 열고 과거 속으로 들어간다 벌집처럼 켜켜이 쌓여 있는 수많은 과거의 문 중 하나를 골라 연다 거긴 불과 몇 년 전의 시간이 우두커니 앉아 있다 그 시간의 눈앞에 나타난 게 '광동대협곡' 입구다 원시의 문을 열고 들어가 잔잔히 흐르는 물을 따라 걷는다 파란 하늘이 내려와 물과 함께 파랗게 흘러간다 갑자기 땅이 쩌억 벌어지고 땅 밑으로 난 문이 다시 열린다 맨홀 뚜껑을 열고 땅 밑으로 들어가는 수도공처럼, 한세상 거두고 하늘에 걸린 동굴 속으로 홀로 걸어 들어가는 수도자처럼 한 계단 한 계단 밟고 저 수천 길 아래 세상으로 내려간다.

아래 세상에 내려와 보니 또 한세상이 여기 있구나 하늘 섞인 물줄기가 끊임없이 폭포로 쏟아져 내려와 왈츠의 리듬으로 흐르고 있다 새 차원의 빛살이 반짝이고, 몸을 휘감는 새로운 느낌의 바람이 운명처럼 일렁인다 낯선 나무들이 너울거리고 맑은 물속엔 신선한 어족들이 평화롭게 유영한다 땅속의 문은 또 땅속으로 나 있다 그 문 열면 땅속 깊이 파란 하늘이 과거의 강물로 흐르고 있겠지 강물은 또 어느 하늘의 문 앞에 다다르겠지

소 발자국

한겨울 몽골 초원은 끝없는 눈밭이다
검은 몽골 소들이 일렬종대로
묵묵히 걷고 있다
엄혹한 추위의 시간을 밟고
바람이 그어놓은 경계를 넘고 있다

눈 위에 찍힌 하얀 발자국
거기
무겁게 껌벅이는 눈망울
그렁그렁 아롱거리던 눈물이 들어 있다
한여름 밤 초원에 누워 삶을 되새김질하던 회억이 고여
있다
가을 하늘의 청량한 바람도 한 바가지 섞여 있다
등 위에 쏟아지던 유성우의 광채도
이제 무채색 눈빛으로 반짝일 뿐이다

몽골 설원 매서운 바람 속에 고행의 길 가고 있는
저 검은 소들의 무거운 발자국

궁전의 새
— 터키 여정에서

높은 나뭇가지 사이로 보이는 긴 하늘에 만장처럼 늘어져 있는 노을이다 오스만투르크 제국 이스탄불의 하늘이다 토프카프 궁전의 정원이다 보스포루스 해협에 출렁이는 제국의 역사다

대낮의 긴 하늘을 당당하게 가로지르며 불타는 해를 향해 날갯짓을 하던 부리 큰 새들이 나래를 접고 나뭇가지에 앉는다 뭇 술탄들의 긴 그림자가 오만하게 늘어선다

거대한 새가 카파도키아의 하늘에 떠 있다 지상에 죽순처럼 솟아 있는 응회암 봉우리 즐비하다 그 봉우리를 파 들어간 동굴 속에 수많은 십자가가 들어 있고 뭇 수행자들 넋이 날개를 파닥인다 어느 바위굴에서는 포도주가 제국의 독재처럼 잘 익어가고 있는지 지독하게 쓰디쓴 향기가 코끝에 아리다

병마용갱

어느 가을 시안(西安)에 갔다
이천 년 전의 땅속으로 들어갔다
수많은 병사들과 말들이 도열해 있었다
용맹의 기운이 화약 내음처럼 짙게 풍겼다

진나라 병사들은 그 땅속 깊은 곳에 앉아
칼빈, M1, M16 소총을 만들고
대포를 만들고 곡사포를 만들고
원자탄을 만들고 수소탄을 만들고 있었다

진나라 말들은 그 땅속 깊은 곳에 서서
전차를 만들고 탱크를 만들고
미그기, 미라주, 블랙잭기를 만들고
로켓을 만들고 미사일을 만들고 있었다

밖으로 나오자
이 수많은 병사들과 말 떼는
이미 거리를 행진하고 있었다

전투기가 하늘을 날고
로켓포를 장착한 전차들이 퍼레이드를 하고 있었다

어느 가을 시안에 갔다
종일 시내를 떠돌다가
종루 앞 지하도에 들어갔다
벽 속에 수많은 오리 떼가 유영하고 있었다
그 오리들을 죄다 배낭에 넣어 밖으로 나왔다
시가지는 오리처럼 뒤뚱거리는 사람들로 가득했다

고로쇠나무

중국 옌지(延吉)시 근교 곰 사육장
수많은 검은 곰들이 독방에 갇혀 있네
야성을 잃어버린 눈빛이 철창 너머 아득하네

아직 순치되지 않은 곰들의 울부짖음
옆구리에 꽂힌 호스를 타고 흘러나오네
인간의 욕망이 살아 있는 곰 옆구리를 뚫고 들어가
곰 쓸개즙, 그 쓰디쓴 액체를 빨아내네

살아 있는 곰들의 아픔이 철철 흘러나와
커다란 통 속에 빗물처럼 고이네

어느 이른 봄
전라남도 광양 백운산 자락
가파른 산비탈에 옌지의 그 곰들이 나무로 서 있네
일제히 옆구리에 호스를 꽂고 즐비하게 서 있네

살아 있는 나무들의 고통이 철철 흘러나와
산 아래 커다란 탱크 속을 다 채우네

몽골 설원에 서서

이 추운 겨울 몽골에 오게 됐다
영하 40도의 한파를 견디려면
중무장을 해야 했다
오기 전 거위 털로 충전된 패딩 바지도 사고
오리털 외투도 샀다

오늘
하얗게 덮인 끝없는 설원에 서서
얼음 칼로 뺨을 에는 바람을 맞지만
나를 위해 거룩하게 죽은 거위와 오리들 덕분에
몸만은 따스하다

나도 언젠가 생을 마치며
어느 중생의 가슴에 작은 온기라도
줄 수 있을까
내 깃털을 스스로 뽑아내
어느 차디찬 아픔 하나 감싸줄 수 있을까

두만강변에서 부르는 노래

'죽의 장막' '중공오랑캐'도 빗장을 풀었다
한반도 남녘에선 북녘을 곁눈으로도 넘겨다보기 어려운
시절
그리운 땅 그 강물을 보려고 길을 떠났다
난생 처음 중국 땅을 밟아 백두산 천지에 올라도 보고
해란강, 용두레, 명동교회, 윤동주 생가도 둘러보고
후쿠오카 감옥에서 젊은 생을 마친
윤동주, 송몽규 시인 무덤을 찾아 술 한 잔 따르고 참배도
했다

백두산 바로 아래
두만강 상류 길림성 화룡시 숭선진
강가에 서자 건너편 조선 땅 초소에서 나온 병사 두 사람
붉은 단풍잎 가지 아래 총을 들고 우리를 바라보았다
"어디서 오셨수?"
대답도 못 하고 담배 한 갑만 던져주고 돌아섰다

숭선진 고성마을
작은 냇물이 큰 경계를 긋고 있었다

두만강 고요한 달밤에
목청껏 노래를 불렀다
강 너머 조선 땅 '삼장마을'
펄럭이는 인공기 아래 잠든 사람들
모두 깨어나 우리 노래 들으라고
연변대 조문학부 김호웅 교수, 물리학부 황건 교수와 함께
"우리의 소원은 통~일 꿈에도 소원은 통~일"
"두만강 푸른 물에 노 젓는 배앳사공~"
노래방 기계가 부서지도록 눈물로 부르는 노래
강물 속으로 흘러 어둑어둑 잠겨갔다

조선족 민박집에서 맞는 두만강의 아침
강가에 나가 강 너머를 바라보니
자전거 타고 가는 여인, 소달구지 끌고 가는 청년
소리치며 손 흔들었더니 겨레의 몸짓으로 손 흔들며 화답
했다
강물엔 전날 밤 잠겼던 노랫가락이
아침 햇빛에 되살아나 소리치며 흐르고 있었다

혼불의 비행
― 터키 카파도키아에서 열기구를 타다

들판에 외따로 있던 집, 왁자지껄한 혼인 잔치가 끝나고 밤은 검은 저수지처럼 깊어졌다 어린 나는 어른들의 발걸음 좇아 졸음 섞인 좁은 길을 걷고 있었다 밭고랑 옆 돌담을 돌 때 건너 산등성이 넘어 넘실넘실 날아오는 사발만 한 불덩 이가 보였다 그때 누군가 가볍게 외쳤다 '혼불이다~' 꼬리 를 흔들며 출렁출렁 재 너머로 날아갔다 혼불이 나가면 마 을에 초상이 난다고 했다

아직 동도 트지 않은 카파도키아의 새벽 어릴 적 밤길에 서 보았던 혼불이 하나 둘 날기 시작한다 불꼬리를 늘어뜨 리며 출렁출렁 날아간다 무수한 혼불들은 저승에서 이승으 로 이승에서 저승으로 이동 중인 모양이다

순간 내가 혼불이 되어 출렁이며 날아오르고 있었다 이승 의 불꼬리를 뒤로하고 계곡을 날아 돌다가 저 아래 들길에 혼인 잔치 끝나고 돌아가는 한 무리의 사람들을 내려다본 다 거기 어른들 틈에 끼어 있는 어릴 적 나도 어렴풋이 보인 다 골짜기 검은 나무들 틈에 지상의 시간들이 여울져 흐르

고 있다 은하의 별처럼 흩어져 있는 수많은 운명들이 고개를 넘고 골짜기를 건넌다 짐과 빚을 모두 지상에 두고 하늘 고개를 넘는다

저승 가는 하늘길에서 내려다보니 죽순처럼 자란 응회암 봉우리들이 즐비하다 봉우리의 회색 바위들은 물리적으로는 부드러우나 이념적으로는 무척 단단하구나

몽골의 칭기즈칸

칭기즈칸 공항에 내려 칭기즈칸 거리를 지나
칭기즈칸 광장에 섰다

국회의사당에도 박물관에도 초원에도 강에도
칭기즈칸은 늠름히 살아 있다
게르 안에도 빌딩 안에도 아파트 안에도
자동차에도 지폐에도 광고 전단에도
칭기즈칸은 당당히 앉아 있거나
말 등 위에서 큰 칼을 휘두른다

칭기즈칸을 속옷으로 입고
칭기즈칸을 외투로 입고
칭기즈칸을 머리에 쓰고
칭기즈칸을 들고
칭기즈칸 광장에 서면
수많은 칭기즈칸들이 떼 지어 몰려온다

시장에서는

칭기즈칸이 물건을 팔고
칭기즈칸이 물건을 산다
호텔 밖에 칭기즈칸이 서 있고
안으로 들어서면
거기 또 칭기즈칸이 앉아 있다

칭기즈칸을 먹고
칭기즈칸을 마시고
칭기즈칸을 노래하고
칭기즈칸 춤을 추고
칭기즈칸 키스를 한다

칭기즈칸 호텔에서 잠을 자며
칭기즈칸 꿈을 꾼다
꿈속에서
"칭기즈칸 만만세!"를 큰 소리로 외치다가 깨보니
나도 어느새 칭기즈칸이 돼 있다

출발 지연

비행기 뜨고 내리는 소리 요란하네
낯선 옌지 공항 출국 대합실
가로막은 문을 몇 번이나 열고 여기에 들어왔나
조선족 동포들 재빨리 줄을 서고
아리랑, 도라지 타령이 안내 방송에 섞여 나지막이 흐르
네

"출발 지연" 안내 방송이
흐르던 시간을 멈추게 하고
인천까지의 하늘길을 활주로에 내려놓네
비상하는 굉음도 고무줄처럼 끊어져 바람에 펄럭이네

진공의 대합실은
꿈속에서 꿈을 꾸다가 다시 꿈으로 돌아오는 구름 속이네
항공사에서 나눠주는 컵라면과 음료수 한 병으로
시간의 허기를 메우네

어릴 적 영산포역에 서 있던 시커먼 기차처럼

무겁게 닫힌 문이 큰 숨을 몰아쉬며 증기를 뿜어내네

창 너머로 보이는 유자빛 하늘이 푹 내려앉고 있네

그리운 금강산

"금강산 찾아가자 일만이천 봉
볼수록 아름답고 신기하구나"
어린 시절 이 노래 부르며 그리던 산

"수수만년 아름다운 산 못 가본 지 몇몇 해
오늘에야 찾을 날 왔나 금강산은 부른다"
아름다운 음색과 호흡 사이로
일렁이던 보랏빛 그리움

그 그리움 키워 2003년 2월 14일
동해 바다 어둠을 뚫고 다다른 북녘 땅
삼일포 부둣가의 아침
시나브로 어둠을 벗고 드러나는 신비한 산의 얼굴
눈 덮인 봉우리들의 어깨동무
가슴 쿵쾅거리는 소리는
산이 폭포로 흘러내리는 소리인가
내 가슴이 산속으로 스며드는 소리인가

만물상

해금강
구룡연
신계사
지금도 모두 거기 잘 있겠지

연이틀 나를 안내해주던
남녘 정세를 꼬치꼬치 묻던
멋쟁이 하얀 운동화
김일성종합대학 출신이라던 그 청년
지금은 무얼 하고 지낼까

휴전선이 거미줄 걷히듯 무너지고
금강산 개마고원 나진항 중강진 압록강
마음대로 나다니는 세상이 올 줄 믿었는데
금강산 가는 길도 막히고
개성 공장들도 멈추어버렸구나

이럴 줄 알았으면 그 금강산 한 번 더 만져나 볼걸
밤마다 금강산을 안고 자는 꿈이네

검은 목소리

가도 가도 끝없는 몽골의 눈밭
검은 개 떼 이리저리 몰려다니네

나는 눈 덮인 돌무더기 '어워' 앞에 서 있네
개들은 이방인을 향해 일제히 짖어대네
'어워'를 빙빙 돌며 한없이 컹컹거리네
무슨 소원을 저리도 애절히 빌고 빌까

역사의 옛 언덕에 선 샤먼이
몽골식 솟대 곁에 나란히 서서
고대의 투명한 하늘을 바라보고 있네
하얀 바람 한 점이 온몸을 휘감고 지나가네

개들의 거칠고 사나운 검은 목소리
까마귀 떼 되어 멀리멀리 지평선 너머로 날아가네

제3부

눈썹은 칼이다

산책로 길섶에 잘 익은 뱀딸기 붉은빛이 선연하다

눈썹 한 올을 뽑은 뒤에야 따 먹을 수 있다고 했다
아무리 배가 고파도 따 먹을 수 없었다
가슴속 품고 있는 칼자루를 뽑을 용기가 없었다
그 붉은빛 뒤에 숨어 노려보고 있을 뱀이 징그러워 치를
떨었다

오뉴월 보리밭 길을 홀로 지날 때면 다리가 휘청거렸다
문둥이가 보리밭에 숨었다가 아이를 잡아먹는다는 소문
문둥이는 눈썹이 아예 없다고 했다
운명의 구름밭에서 잃어버린 칼 한 자루 찾기 위해
어린 가슴을 베어 물어야만 했을까

당산나무 앞을 돌아들 때
초사흘 어스름 서녘 하늘엔 빛나는 칼 한 자루 둥둥 떠 있
었다

옹이

가슴에 사무친 멍울
그 멍울 위에 덧씌운 또 하나의 멍울이다

삶의 고갯마루 오를 때 내뱉는 한숨
그 한숨 위에 겹치는 차디찬 한숨 덩이다

겨우 아물었던 상처가 덧나서 곪아 터진 아픔
그 세월 견뎌낸 흉터다

허허벌판 뺨에 휘몰아치던 칼날 같은 바람의 뼈다귀다

거칠고 험한 길 걷고 또 걷다가 주저앉은 자리
다시 포효하며 일어나 걷던 그 자리의 굳은살이다

정의가 구겨지고 역사가 곤두박질칠 때
솟구쳐 오르는 분노, 그 뜨거웠던 피의 탁본이다

사랑하는 사람을 보내고 뒷골목으로 돌아들 때

가슴에 차오르던 눈물의 단단한 응어리다

모든 아픔 참고 이겨낸 삶의 흔적
죽으면 보여주려고 감추어둔 사리(舍利)다

이순 넘어 산 하나 넘어
이 따뜻한 골짜기에 들어 당신의 각진 모서리를 만지다가
이제야 비로소 보았다, 옹이를

동적골 연리목

숲길을 걷다가 바닥에 누웠네 새들 지저귀는 소리 낙엽
되어 내 몸 위에 데굴거리네 햇빛이 길 위에 이리저리 몰려
다니고 바람은 나뭇가지 사이로 허망하게 흐르네 젊은 남녀
한 쌍이 히히덕거리며 내 몸을 밟고 지나가네 온갖 벌레들
이 스믈스믈 몸 위로 기어오르고 개미 떼가 얼굴 위로 기다
란 행군을 할 때 저만치 흐르는 시냇물 소리 양양하네

내가 숲길이 되어버린 대낮, 길은 문득 다시 일어서서 떡
갈나무 어깨를 툭 치고 걷기 시작하네 가느란 바람결에 치
자빛 노오란 향기가 코끝을 스치네 자갈길 팍팍한 구부러진
언덕을 휙 돌아가니 조금 전 지나갔던 한 쌍의 젊은이가 알
몸으로 부둥켜안고 서 있네 벌써 그 알몸에 칡덩굴 손 내밀
며 기어오르고 있네 이미 두 몸뚱이 사이에 따뜻한 신화의
강이 양양하게 흐르고 있네

서어나무와 소나무가 서로의 몸에 얼굴을 묻은 채 몇십
년째 몸을 섞으며 서 있네

사위질빵

같은 덩굴식물로 태어났으면서 너같이 무르고 순한 놈 처음 봤다

한삼덩굴은 뾰족한 이빨로 짐승들에게도 달려들어 위협을 하고, 칡덩굴은 남의 몸뚱이를 모질게 악착같이 타고 올라가 기어이 자빠뜨려 이기고야 직성이 풀린다 나팔꽃은 담장을 기어올라 기상나팔을 불어 잠자는 뭇 새들을 깨우고, 인동초는 땅바닥을 기면서도 혹독한 긴 추위를 결국 견뎌내고야 만다 능소화는 담을 넘어, 사랑의 경계를 넘어 여름이 다 가도록 지독하게 기다리고 기다리는 가슴에 질긴 끈을 가지고 살아가고 있다

그래도 너는 장모 사랑 듬뿍 받은 젊고 예쁜 사위의 꽃 지게 멜빵이 되어 두세 뭇 볏단을 지고 살랑살랑 가을 길을 걸어가는구나 칡덩굴은 못 입고 못 먹은 불쌍한 머슴의 질기고 질긴 지게 멜빵이 되어 볏단을 열댓 뭇이나 지고 비틀거리고 있는데

풀독

누군지 모르지만 여럿이 달려들어
내 손발을 꽁꽁 묶는다
난 한 치도 움직일 수 없다
순간 눈앞에 시퍼런 칼날이 스쳐간다
소스라치게 놀라 깬다

새벽 두 시다
온몸에 칼자국, 이빨 자국이다
쓰리고 가려워 다시 잠을 이룰 수가 없다

추석이 다가와서
어제
어머니 홀로 사시는 고향집 뒤란을 정리했다
예초기와 낫과 톱을 들고
무성하게 어우러져 있는 나무의 몸통을 톱으로 자르고
나무의 팔을 낫으로 내리치고
예초기를 돌려 온갖 풀들의 밑동을 잘랐다

칡덩굴, 한삼덩굴, 찔레 가시들이

내 앞으로 뛰어들며 반항하기 시작했다
예초기의 앵앵앵 소리 아래
애잔한 신음 소리, 비명들이 낮게 깔려 있었다.
나는 아랑곳하지 않고
씩씩하게 치고 자르고 죽였다

어제의 이놈들이 내 꿈속까지 찾아와
나를 묶고 내 목에 칼을 들이댈 줄이야
잡풀과 나무들의 아우성 소리, 신음 소리, 비명 소리
멀리 산사에서 들리는 새벽 범종 소리에 섞인다
팔다리가 쓰리고 가려워 잠들지 못한다

뜬구름

아침 산책길
파아란 가을 하늘에 흰 구름이 떠 있네
또 쳐다보아도 거기 그렇게
떠 있기만 하네

비행기를 타고 높은 하늘을 날면서
하늘도 땅이라는 걸 비로소 알았었네
씨앗을 뿌리면 파란 싹이 나오는 대지라는 걸

그 하늘 속에
한없이 펼쳐지는 평원이 있고
수천 길 낭떠러지도 있었네
몸을 던져 뒹굴어도 좋을 꽃밭이 있고
도란도란 흐르는 시냇물도 있었네
누렇게 익은 벼들이 가득 차 있는 들판이 있고
수백 수천 미터 높이의 험준한 산맥도 있었네

오늘 아침 산책길

한 발 한 발 땅을 밟으며
땅이 하늘이라는 걸 이제야 알았네

중학교 때 "알기 쉬운 삼위일체"
참고서 첫 쪽에 소개돼 있던
세상에서 제일 긴 영어 단어
"Floccinaucinihilipilification – 뜬구름같이 여기기"
이제 그 뜻을 조금은 알 것도 같네

내 발걸음 앞에 아직도 걸어야 할 뜬구름이
길게 길게 펼쳐져 있기에

단풍나무의 근육

가을이 제법 성숙한 모습을 보일 때 나는 무등산 토끼등에서 원효사 계곡으로 난 편편한 길을 걷고 있었습니다 길가에는 단풍나무들이 즐비하게 서 있었습니다 단풍잎은 인간 세계의 빛깔이 아니었습니다 사람들이 그 황홀한 빛깔의 잎사귀에 환호할 때 나는 가만히 그 나무들의 근육을 보았습니다. 역도선수 장미란이 140킬로그램의 바벨을 인상으로 들어 올릴 때의 그 단단한 근육과 불거지는 힘줄이었습니다 단풍나무가 저 무거운 코발트색 하늘을 바벨처럼 번쩍 들어 올리는 절정의 순간에 잎사귀들이 저렇게 붉어진다는 걸 알았습니다

땅굴 속 풍경
― 대장내시경 검사를 하다

  광부 복장을 한 외과 의사가 헤드랜턴을 켜고 갱으로 들어간다 양손가위 한 자루를 들고 주름투성이인 땅굴 안쪽을 살피기 시작한다 일제 때 강제 징용 당한 조선 사람들이 나고야 근방 야산에 뚫었던 땅굴처럼 갱도의 안쪽 벽은 무수한 곡괭이 자국이 나 있다 일제는 그 곡괭이의 힘으로 세계를 정복하기 위한 무서운 무기를 몰래 만들었지만 나는 나의 땅굴에 아무것도 감춘 적이 없다

  광부는 깜깜한 땅굴 안을 요리조리 환히 비추며 안으로 안으로 갱 깊숙이 들어간다 굽은 갱도의 어디쯤에서 광부는 무얼 발견했는지 멈칫하더니 산삼을 캐듯, 송이를 따듯 날쌔게 무언가를 채취한다 캐낸 자리를 순식간에 정리하고 서둘러 갱 밖으로 나온다 나도 모르게 감추어놓은 그 무언가를 들킨 것 같다 그것이 광물성인지 식물성인지 나는 모른다 단지 나는 땅굴 밖에서 그 광부의 일거수일투족을 무심코 보고 있었을 뿐이다 헤드랜턴이 꺼지자 막이 내리고 나의 갱도는 다시 역사 속에 묻힌 암흑이 된다

더글러스 퍼 널빤지에게

당신은 캐나다 어느 눈 내리는 숲속에서 잠을 깨고
선선한 바람 속에 다시 잠이 들었겠지요

빅토리아 항구를 떠나 태평양을 건너는 동안
당신은 소금기 짙은 바닷바람에 등을 말리고
화살처럼 쏟아져 박히는 햇빛들을 온몸으로 맞았겠지요

부산항에 닿아 남해고속도로를 따라와
당신은 드들강 가의 어느 제재소에서
둥근 몸을 틀어 가슴 넓은 바다의 물결이 되었겠지요

내가 당신을 처음 만난 인연은 거기부터였지요
당신이 나를 따라 무등산 자락 아파트로 온 거지요
그리곤 내가 밤낮으로 퍼 나르는 학문과 예술
그 궤도의 무게를 감당하는 침목이 되었지요

이제 수십 년 짊어진 짐을 놓으시고
내 고향 집에 가서 함께 사시지요

당신의 피부에 켜켜이 쌓인 철학과 문학과 예술의 가루
들을
깨끗이 털어줄게요
당신에게 주어진 각진 모서리들을
부드럽게 깎아드릴게요

마음속에 간직하고 있던 살결 고운 무늬를
이제 도드라지게 해드릴게요
부드럽게 물결쳐 흐르는 푸른 하늘 속 흰 구름처럼

등나무꽃

하늘 향해
온 세상 휘감고 오르고 또 오르다
잠깐 뒤돌아보네

무엇이 그리도 좋은지 깔깔대며 웃고 있네

보랏빛 웃음소리
천지에 흩어지네

홍시 먹기

홍시 한 알 하얀 접시 위에 앉혀놓는다
예리한 칼 한 자루를 든다
유목민 후예답게 늙은 양 한 마리 잡는다
가죽을 바닥에 펼쳐놓고
피 한 방울 흘리지 않고
살과 내장과 뼈를 순식간에 발라낸다

여름의 태양 빛이 고여 만든 붉고 쫀득한 살코기
생애의 갈비뼈 사이로 흐르다가 도사린 뭉게구름 같은 내
장들
한낮의 반달이 들어와 박혀 딱딱하게 굳어버린 뼈
이 붉게 맺힌 한 생명
순한 양 한 마리가 또 한 생을 넘어간다

절벽 아래에도 매화는 피는가

절벽 아래 "낙석주의" 표지판
그 곁에 매화 한 그루 심어놓고
저 푸르디푸른 하늘, 인연의 소맷자락
소용돌이치는 수렁 속으로 떠난 사람

오늘 봄바람 불어오더니
절벽 아래 우두커니 서서
하얗게 웃고 있네.

눈썹달과 여우 꼬리

새벽녘 오동나무 큰 가지 너머 희뿌연 하늘에 눈썹달 떠 있는 걸 보았네 그 달 가까이에 별 하나 빛나고 있었네 그런데 그게, 그게 대낮에도 내 눈앞에 아른거리며 자꾸만 밟히네 눈썹달 저만치서 빛나고 있던 그 별 하나

내 가슴 깊은 곳에 들어앉을 빈자리 하나 있었는데 그 자리를 그 별이 차지하게 되니 어떤 녀석이 붉은 여우 꼬리를 길게 늘어뜨리고 그 가장자리를 뱅뱅뱅 배회하더니 끝내 산 너머로 날아가고 말았네

잠 속에서 겨우 빠져나와 스마트폰을 열어보니 귀류(鬼類)의 불처럼 시퍼런 빛이 부지직 타고 있었네 골목엔 벌써 뛰어다니는 사람들 몇 보이고, 어떤 여인은 목욕 바구니를 들고 바삐 걸어가고 있네

이젠 눈썹달도 붉은 여우 꼬릴 어슴푸레 내려다보고 있네

꿈 이야기

다시는 살생을 않기로 다짐한 바로 그날 밤 초등학교 운동장만큼 넓은 냇물에 들어가서 고기 잡는 꿈을 꾸었네 투망만 던지면 파득거리는 붕어, 잉어, 송사리 떼들이 그득그득 잡혔네 푸른 하늘에 양떼구름 몽실몽실 내 두 다리 사이로 흘러가는 솜털 같은 부드러움을 맛보면서 고기 잡는 재미로 투망을 던지고 또 던졌네

파득거리는 고기로 가득한 구덕을 들고 먼지 날리는 한길을 걸어가는데 포플러 잎사귀가 하늘을 향해 파득거리고 있었네 나는 동구 밖을 지나 감히 우리 집 대문에 들어설 수가 없었네 내 몸뚱어리도 그 누군가 던진 그물에 걸려 파득거리고 있기에

민들레 홀씨

세상의 외로움 여기 다 모였네
외로운 사람끼리 등 기대고
작은 마을 이루고 있지만

한여름 곧게 내리치던 햇살
구름들이 떠다니며 내던 우렛소리
시냇물 비껴가던 바람의 눈물
흙 내음 가득하던 발자국 소리
가슴 가슴마다에
하얀 화석으로 간직하고 있지만

이 투명한 영혼들
한 점 바람결에도
어디로 날아갈지 몰라
은하의 어느 고독한 별나라에 사뿐히 앉을까 몰라

강아지풀

세상 꽃이란 꽃 다 지고
세상 몸뚱어리들 다 썩어 문드러질 때
꼬리로만 진화한 동물의 후예

비 몰아오는 오후
꼬리치며 달려오는 바람의 혼백

한삼덩굴

그를 만난 건 어둑한 뒷골목이었다 어린 중학생을 공중화장실 뒷벽에 세워놓고 두 손을 뒤로 모으게 한 뒤 호주머니를 함부로 뒤지고 있었다 중학생은 얼굴이 새파랗게 질려 있었다 그의 입은 굴참나무 껍질처럼 거칠고 행동은 멧돼지처럼 사나웠다 내 인생의 어느 뒤란에서 다시 만날까 두려운 존재였다

몇 해 전 고향집 텃밭을 정리해서 황칠나무 백 그루를 심었다 겨울을 넘기고 이듬해 여름 어린나무들이 얼마나 자랐는지 가 보았다 뜻밖에도 거기에서 그를 다시 만났다 십여 년 전 출옥한 후 교통사고로 죽었다던 그가, 그 혼백이 환생한 건가 수백 명의 좀비가 온 텃밭에 깔려 있었다 그들은 모두 황칠나무의 몸을 거칠게 감고 올라 숨통을 누르고 있었다 나무를 구하려고 내가 그중 한 녀석의 손과 다리를 잡아당기자 순간 나에게 달려들어 내 얼굴을 싹 베어버린 사나운 짐승이었다 온몸에 소름이 확 돋았다 그러나 그는 식물의 탈을 쓰고 있었다

제4부

기양사 자목련

저 덕림이고개 너머 우산리 앞 자목련은 벌써 피었다 진지 오랜데 왜 이 나무는 꽃을 피우지 않지 조바심이 나서 아침 햇살이 비추면 찾아가 살펴보고 오후 볕이 기울면 쫓아가 바라보아도 좀처럼 피울 기색이 없네 며칠째일까 사당지붕의 기왓장과 기둥 사이에 조그맣게 벙글기 시작하더니만 바랜 원고지 행간에 보랏빛을 살짝 비치더니만 비로소 향기를 풍기며 문장으로 피어나네 담장 속에 박혀 있던 어둠들이 몰려나가고 하늘빛이 우루루 쏟아지네

기양사 자목련의 빛이 등불이 된 것은 담장 너머 동백꽃의 붉은 기운 때문이라네 조선동백의 그 붉은 얼굴들이 모가지째 뚝뚝 떨구어 바닥에 흥건하게 스며든 뒤에야 그 서러운 혼백이 저렇게 환한 시문으로 환생한 거라네

* 기양사 : 전남 장흥군 안양면 기산리 67번지(동계길 33−26)에 있는 서원이다. 조선시대 기산 마을에서 배출한 '기산팔문장' 등 문인들을 모셨다.

사자산

사자는 참 편히 누워 있다
그의 품에는 뜨거운 해가 들어 있기도 하지만
그 속에서 차가운 달이 뜨기도 하지만
사자는 참 편히 누워 있다

어떤 때는
등성이의 갈기를 불태우며 털갈이를 하지만
어떤 때는
크게 한 번 울부짖기도 하지만
간혹
머리를 좌우로 흔들며 시대의 날파리들을 날려버리기도
하지만
사자는 지금도 참 편히 누워 있다

그의 겨드랑이에서 누군가 나발을 불고
그의 발톱 밑에서 누군가 진한 먹글씨를 써낸다
그의 수염엔 고드름이 열리고

그의 꼬리는 수문포 앞바다의 파도를 두드린다

그는 누워서도 언어로 들판을 만들고
그 안에서 쌀과 보리를 키우지만
그는 노래로 개울을 만들고
그 안에 가재와 고둥을 기르지만
한 번도 자신의 이름을 스스로 말하지 않았다

비바람이 아무리 세차게 불어도
햇볕이 아무리 쨍쨍하게 내리쬐도
등허리가 온통 차디찬 눈에 덮여도
그는 참 편히 누워 있다
누워서 길을 짓고
그 위를 영원히 걸어갈 짱짱한 다리를 가진
아름다운 존재들을 만들어낸다

* 사자산 : 전남 장흥에 있는 명산.

석대벌 여장군

배달겨레의 딸, 동학의 여장군 이소사
스물두 살 나이의 날카로운 눈빛이
석대벌 복판에서 번개처럼 내리친다
갑오년 가을
동학의 함성은 억불산을 넘고, 사자산을 넘고
천관산을 넘어 현해탄 너머 큰 파도로 넘실댄다

소나기처럼 쏟아지는 총탄 속에서
동학 갈기 날리는 말 등에서 지휘하는
용맹한 여인
왜군, 관군도 기겁하는 '신이부인'의 기개
그 말굽 아래 장흥 부사 박헌양의 목이 나동그라진다

천관산 아래 옥천 전투에서
왜군에게 붙잡혀 갖은 고문, 불 지짐을 당하면서도
껄껄껄 웃으며 제압하는 결기
예양강 거슬러 유치 거쳐 나주로 압송되는 길바닥에
피가 뚝뚝 흐르고, 살점이 뚝뚝 떨어져도

한 번도 정신 줄 놓지 않은 조선의 딸

오늘도 이소사는 죽지 않고 석대벌에 살아 있다
그의 붉은 피
지금도 예양강 줄기로 끝없이 흐른다
역사의 한복판에 뜨겁게 흐르고 있다
영원한 승리자는 그 단단한 동학의 얼이다

오월의 분수대

80년 오월 광주
아무도 들어올 수 없는 외로운 섬이었다
파도조차 닿지 않은 피 묻은 감옥이었다

우리들은 매일 도청 앞 분수대를 중심으로 모였다
노무자도 식당 종업원도 대학생도 고등학생도
회사원도 교사도 운전기사도 청소부도
우리들은 모두 시민의 이름으로 평등했다

분수대는 더 이상 물을 뿜어내지 않고
시민들의 열정만을 뿜아올렸다
분수대 난간에는 누구든 올라 소리칠 수 있는
자유가 펄럭이고 있었다
어떤 이가 마음속 울분을 토하면 그 분함이
모두의 가슴속에 메아리쳤다
어떤 이가 올라 "살인마 전두환"을 규탄하면
모두가 일어나 박수로 환호했다
그때였다

어떤 이가 나가서 한 옥타브 높은 소리로 외쳐댔다
"미국 항공모함이 부산항 가까이 오고 있답니다!"
우리는 박수를 치며 흥분했다
정의의 나라 미국, 세계의 민주경찰 미군이 오면
독재의 뿌리, 군부의 불의와 역리를 뽑아내고
그 자리에 민주주의를 꽃피울 정의 세상을 꿈꾸었다
빛나는 햇살이 금남로에 출렁였다

며칠 후 새벽 광주는 침몰하는 섬이 되고 말았다
하늘에서 총탄이 비처럼 쏟아지고
도청을 지키던 시민군들의 붉은 피가 금남로 위에 흥건했
다
시민들의 가슴가슴엔 피멍 같은 구멍이 송송 뚫렸다

전두환은 광주를 그렇게 짓이기고
광주의 민주 열망을 폭파시키고
기어이 "대통령 각하"가 되었다

우리는
미국이 민주의 편이 아니라
정의와 평화의 사자가 아니라
세계 시민의 인권을 존중하는 나라가 아니라
미국 말 잘 듣는 '각하'의 편이라는 걸
비로소 알게 되었다

우리를 지켜주는 형제의 나라 미국
굶주린 우리에게 밀가루를 공짜로 주고
세상에서 가장 도덕적이고 민주적인 나라로 숭상해야 한
다고
유신 시절 귀에 못이 박히게 배워온 우리들의 가슴에서
어느새 성조기가 불타기 시작했다
광주에서 부산에서 대구에서 미문화원이 불타기 시작했
다

나는 지구다

나는 지구다
해와 달과 샛별과 수성과 화성과 목성과
온 하늘 반짝이는 은하의 수많은 친구들과 함께
잘 지내고 있었다

나는 내 나이를 모른다
얼마나 살았는지 셈할 필요도 없다
우주라는 세상에 흘러가는 대로 사는 것이
나의 행복이다

그런데 어느 땐가부터 내 몸에 '사람'이라는 바이러스가
들어와 함께 지내기 시작했다
처음 내 살갗에 들어와 다소곳이 오순도순 살 때는
가려움증조차도 없었다

그리고 함께한 시간이 얼마나 흘렀을까
내가 중년의 몸이 되었을 때
'사람바이러스'는 내 몸속을 파고들기 시작했다

흐르는 핏줄을 막고 근육을 파먹기 일쑤였다
나는 열이 나고 기침이 나왔다
통증을 견디기 어려웠다

그들은 내 숨구멍에, 허파에 불을 지르고
위장에 콩팥에 오물을 붓고 소리를 질렀다
나는 숨이 가쁘고 몸이 떨리고 복통이 심해졌다

나는 내 몸을 그들로부터 지켜야 했다
이 '사람바이러스'를 순치하거나 퇴치해야만 했다
그래서 개발한 것이 여러 가지 백신이다
맨 처음 천연두라는 백신을 개발해 투여했다
그러자 그들은 세력을 잃은 듯 잠시 잠잠해졌다
시간이 얼마나 흘렀을까 '사람바이러스'들은
다시 내 몸에 창궐하기 시작했다
내가 살아남기 위해 계속 더욱 강력한 백신을 투여해야만
했다
페스트, 콜레라, 사스, 메르스, 코로나 백신을

계속 투여하며 삶을 견디고 있다

'사람바이러스'여
눈앞의 욕망을 버리고 먼 미래를 보라
예전의 그 평화롭던 시절로 돌아가다오
내 죽으면 너희도 공멸한다는 걸 깨달아야 한다
사람들아
나와 함께 공존공생하려면 부디 내 몸을 지켜다오

정남진에서 하얼빈까지

정남진 해동사
청년 안중근 의사가 살아 계시는 곳
하얼빈의 총소리가 사자산 골짜기를 쩌렁쩌렁하게 울리네

하얼빈 동경 126도
중강진 동경 126도
광화문 동경 126도
정남진 동경 126도
하얼빈의 총소리 정남진에서도 울리는가

지금 우리 고향 정남진 장흥에는 기찻길 건설이 한창
다리를 놓고 터널을 뚫고 철로를 새로 놓고 있네

우리는 어느 날
'정남진하얼빈역'에서 기차를 타네
사자산 머리를 돌아 제암산 터널을 지나 부산역
해운대 모래밭에서 태평양 건너오는 파도 소릴 듣네
다시 기차에 올라 대구역에 도착
달성공원 옛 토성에 올라 코끝 스쳐가는 달구벌 바람을

맞네

　다시 기차에 올라 서울역

　남산타워 꼭대기에서 한강 물줄기를 바라보네

　우리가 탄 기차는 도라산역을 거쳐 개성역이네

　선죽교 돌다리에 뿌려진 정몽주의 단심가

　박연폭포 무지갯빛 물보라에 황진이 얼굴 어른어른

　만월대 계단에 앉아 늙은 소나무 그림자에 젖어보네

　평양역에 내려 대동강변 걷다가

　기봉 백광홍의 「관서별곡」 자취 따라

　연광정 → 부벽루 → 능라도 → 금수산 → 풍월루 → 칠성
문 → 백상루를 돌아보고

　신의주에 도착

　압록강 푸른 파도, 비파곶, 파저강, 구룡소, 통군정을 돌
아보고

　단둥으로 건너가네

　우리 기차는

창춘을 지나 어느덧 목단강, 흑룡강을 따라 올라 하얼빈
역에 당도하네
　거기 우뚝 서 계신 안중근 의사,
　또 한 발의 총소리가 만주벌 지나 한반도를 쨍하게 울리
네

한라산 기슭에서 무등을 바라보네

바다 건너로 쫓겨 왔네
함부로 겨레의 신성을 꿈꾸고
견우를 바라보며 그리워하는 것이 원죄였네

한라산 골짜기에 서서도
무등산 아래 지산동
졸졸졸 휘돌아 가는 증심사 골짜기
그 어느 언저리에 앉아 계시는
서은 선생이 환히 보이네

대창 같은 가을 햇빛 펑펑 쏟아지는 날
영산강 갈대밭 사이를 누비는 시인을 보았네
"구멍 뚫린 밑창으로
영산강 황톳물이나 마시고"* 있는
검정 고무신을 보듬고 울고 있는 노래꾼을 보았네
구진포 바위 위에 앉아 '삼학소주'를 마시며
〈목포의 눈물〉을 만가처럼 부르던

가시 돋친 붉은 목소리가 강물을 적시던 시절이 있었네

무등의 서석대에서
금남로를 거쳐 극락강 다리 밑으로
흐르는 최루탄의 눈물
물결 사이사이 반짝이는 백산 죽산의 그림자
그 전설의 춤사위도 보이네
무등의 천왕봉, 지왕봉, 인왕봉 너머로
백두의 거룩한 하얀 머리
어렴풋이 그 신화도 보이네

드넓은 '서은'의 문학 바다
쉼 없이 출렁이는 생명의 파도
항상 살아 있는 두 눈 부릅뜬 파수꾼
시대를 이어가는 영원한 정신

오늘 바다 건너 쫓겨 와
한반도의 남단

애월의 '새별오름' 견고한 바위 위에 앉아
무등을 바라보네
서석의 골짜기에 지금 막 피어나는 한 송이 백합을
거룩하고 신성하게 바라보고 있네

* 서은 문병란의 시 「고무신」 일부.

억불바위*

단 한 번도 당당하게 쳐다본 적이 없는 당신을 향해 걷는
길이었어요

환하고 널찍한 오르막길을 따라 고개를 넘고 있었어요.
숨이 목까지 차오르자 문득 먼 길 당기고 싶은 욕심에 지름
길을 택해 숲속 길로 들어섰지요 그런데 얼마쯤 지나자 길
은 자취도 없어지고 하늘 높이 솟은 편백나무 그림자가 나
를 덮치고 내 눈을 가렸어요 그리고 나무의 썩은 시체들이
가로세로 즐비하게 누워 내게 손사래를 치고 있었어요 여
기저기 웅덩이가 파여 검은 물들이 출렁거리고 동서남북의
방향이 그루터기 속으로 곤두박질쳐 박혀버렸지요 어디선
가 도깨비바늘이 폭풍처럼 몰려와 내 몸에 치욕처럼 덕지덕
지 달라붙었어요 가시 돋친 넝쿨들이 내 다리를 걸고 멱살
을 잡았어요 하늘을 쳐다보면 나무우듬지들이 무서운 시선
을 한꺼번에 내 몸에 내리꽂았어요 얼마나 많은 허방을 딛
고 얼마나 많은 허공을 허우적댔던가 나는 그때서야 스스로
새 길을 만들 수 없다는 걸 겨우 깨달았지요
나는 살아남기 위해 몸을 낮추고 낮은 곳으로 낮은 곳으

로 발길을 옮기기 시작했어요 아래로 더 아래로 줄곧 내려가자 마침내 어디선가 하늘빛이 터지고 편편하고 반듯한 새 길이 나왔어요 그 곁에 작은 시내도 졸졸졸 흘렀지요

그때서야 당신이 내내 나를 내려다보고 있었다는 걸 알았어요 환하게 뚫린 산길의 끝자락에서 나는 비로소 당신의 거룩한 얼굴을 당당히 쳐다볼 수 있었어요

* 전남 장흥의 억불산을 상징하는 바위. 흔히 '며느리바위'로 불리고 있으나 한승원 작가는 이 바위를 "자비로운 미륵부처의 형상"을 한 억불(億佛)바위, 즉 '피플붓다'라고 했다.

두만강으로 달려간다

나는 연길(延吉)에 가면 두만강으로 달려간다
두만강 둔치에서
조선 막걸리를 마신다
서시장에서 사 온 찹쌀 순대를 안주 삼아
백두산에서 흘러내리는 강물을 퍼 마신다
강 건너에서 들리는 북한의 기적 소리를 듣는다

나는 연길에 가면 두만강으로 달려간다
두만강 강가에 서서 강물의 깊이와 유속을 가늠해본다
흐르는 강물에 떠 있는 삼각주
거기 협동농장에서 일하다가 잠시 쉬는 북한 여자를 바라
본다
나는 중국 땅에서 두만강 물로 세수를 하고
맞은편 강변의 여자는 그 강물에 머리를 감는다

나는 연길에 가면 두만강으로 달려간다
숭선(崇善), 강폭 좁은 두만강 상류에 서서
건너편 총 들고 나타나는 북한 병사들을 본다

순간 말없이 던져준 담배 한 갑이 따뜻한 언어가 된다
숭선 땅 나뭇가지에 앉아 있던 새 한 마리가
후루룩 날아가 북한 초소 앞에 앉는다

나는 연길에 가면 두만강으로 달려간다
나도 출렁이는 두만강 강물이 되어 동해 바다로 흘러본다
도문(圖們)에서 훈춘(琿春)으로 경신(敬信)을 거쳐 방천(防川)에 다다른다
거기에선 두만강은 이제 더 이상 강이 아니다
부산 앞바다까지 출렁이는 바다가 된다
북한으로 가는 철교 위로 러시아 화물 열차가 지나간다

남한의 시인은 건너지 못하는 강 너머 북한 땅을 한없이 바라본다

목장갑 한 짝

경운기 한 대 따발총 소릴 내며 지나간 자리
들판을 가로지르는 농로 한가운데에
붉은 손바닥 하나 누워 있네

어둑한 새벽부터 조선낫을 잡고 꼴을 베던 손
삽자루를 잡고 논두렁의 검은 흙을 퍼 올리던 손
저 손으로 논에 물을 대고
저 손으로 퇴비를 담고 뿌리고
저 손으로 씨앗을 뿌리고
저 손으로 밧줄을 당기고
저 손으로 말뚝을 박고
저 손으로 벼 포기를 옮기고
저 손으로 이마에 흐르는 땀을 닦고

누군가 버리고 간 노동의 껍질
노을이 벌겋게 불타는 가을 저녁
지금은 뜬구름 바라보며 누워 있네
언젠가는 털고 다시 일어나 들판으로 가는

신성한 꿈에 젖어 있네

그때
들판에 잘 익은 벼들이
그 붉은 손바닥을 향해 일제히 경배를 하네

너럭바위

들판 가장자리에서 산기슭으로 조금 오르면 거기 있었네 그것은 한 채의 단단한 마음의 집이었네 원래 산꼭대기 부처바위가 쓰고 있던 모자였다고 했네 어느 해 모진 우주의 칼바람에 그 모자 벗겨져 들판 향해 구르기 시작했다네 바위만큼 큰 재앙이 마을로 굴러오는 걸 어느 노승이 도포 자락으로 사뿐히 받아 그곳에 세웠다고 했네

우리들은 소를 몰고 지나가다가 가끔 고삐를 놓아두고 그 너럭바위 지붕 위에 올라가 놀았지 키보다 더 높은 그곳을 서로 엉덩이를 밀어주고 번갈아 손을 잡아주어 겨우 오르면 거기 반반한 유년의 평원이 펼쳐 있었지 푸른 하늘이 가까이 내려와 있었고 주변의 잔솔들과 잡목들은 모두 납작 엎드려 있었지 우리들은 거기서 공기놀이를 하거나 고누를 두면서 놀았지 드러누워 하늘 복판을 지나가는 흰 구름을 보며 하모니카로 〈고향의 봄〉을 불기도 했지

그때는 몰랐네 그 바위 속에 누천년의 번개가 살고 있다는 것도 원시의 비바람이 가득 들어 있다는 것도 태초의 언

어가 누덕누덕 쌓여 있다는 것도 강물과 바다가 불렀던 태고의 노래가 깃들어 있다는 것도 진정 난 몰랐네 그 바위 아래 역사의 아궁이가 있고 연기 같은 시간을 담은 빗살무늬 토기가 있고 젊은 별자리를 겨누고 있던 화살촉이 있는 줄 전연 알지 못했네

　유년의 오솔길에 피어오르던 아지랑이와 나무 사이 일렁이던 연초록빛 바람, 그리고 애틋하게 울리는 뻐꾸기 울음소리…… 그것들로 가득했던 내 가슴속을 송두리째 도굴 당한 뒤에야 비로소 깨닫게 되었네 지금 이 콘크리트 바위 속에 앉아 있는 내가 그때의 나인 것을, 그 너럭바위가 한 채의 고인돌이었다는 것을

주먹밥

우리는 주먹밥으로 뭉친 끈끈한 밥알들이다
산수동 오거리에서
대인시장에서
양동 닭전머리에서
광주의 어머니들이
뜨거운 손바닥으로 꽉꽉 쥐어 뭉친 동지들이다

우리는
광주 청년들 몽둥이로 두들겨 패고
무고한 시민들 사냥하듯 쏘아대던
무차별 무자비 살육의 부대
공수부대 군사 깡패들
모두 울 밖으로 몰아내고
평화가 출렁이는 광주를 지키는
시민의 아들 딸 시민군이다

교통도 통신도 끊긴 고립된 섬 광주의 오월
동네 가게에도 백화점에도 은행에도 마트에도

금남로에도 충장로에도 화순 너릿재 가는 길에도
시민들의 따뜻한 마음이 큰 강물로 흐르고 있다
역사 앞에 모든 이기심 다 털어버린
서로 어깨를 겯고 한 길로 나가는 대동 세상

우리는 시민 정신으로 꽁꽁 뭉친
뜨거운 주먹밥 속 밥알들이다
광주를 지키는 시민군들의 속을 데우는 주먹밥
그 안에 뭉쳐 있는 자유 민주 자주 인권 평화 통일의 불타
는 열망이다

평화에 대하여

마루에 앉아 하늘을 본다
파란 하늘에 흰 구름이 산 고개를 넘어가고 있다

먼 숲엔
구구구구 산비둘기 소리
뻐꾹뻐꾹 뻐꾸기 소리

뒤란 감나무 가지에 새 떼
짹짹거리며
이 나무 저 가지로 몰려다니며 시끄럽다
싸우는지 노래하는지

그러나 나무 밑에 피 흘리며 죽어 있는 새를 본 적이 없다

앞마당 평상에 누워 하늘을 본다
금방 쏟아질 것 같은 별들이 무수히 반짝인다

어둠 속 들판 가득한 개구리 소리

개굴개굴 개굴개굴 하늘까지 시끄럽다
무논 바닥에서 한꺼번에 서로 소리 지르며
놀이를 하는지 전쟁을 하는지

아침 햇살 받으며
삽 한 자루 들고 논길을 걷는다
네 다리 쭉 뻗고 죽어 있는 개구리는 한 마리도 없다

밤새 쏟아지던 별들은 다 어디로 갔나

헬리콥터

어릴 적
온 하늘을 덮은 시커먼 까마귀 떼를 보았다
불안과 저주의 기운 땅 위에 뿌리며
순식간에 새싹 돋아나는 보리밭에 내려앉아
일제히 쪼아대고 일제히 이륙하는
무서운 까마귀 떼

80년 5월 27일 신새벽
지산동 옥탑방에 살던 나는
두두두두두두 소리에 잠을 깨어 밖으로 나가 보았다
무등산에서 금남로까지 하늘에 시커먼 까마귀 떼
순간 어디선가 들려오는 소리
"야! 죽을라고 환장했냐 빨리 들어가!"
총소리처럼 울리는 그 소리에 재빨리 몸을 숨겼다
창틈으로
그 까마귀 떼 도청 상공을 빙빙 도는 것이 보였다
폭포 무너지는 소리가 들렸다

금남로가 우두두둑 꺼지고

광주천 흐르던 물줄기가 땅속으로 잠겼다
그날 신새벽
집집마다 억장 무너지는 소리가 하늘로 솟구쳤다

무등산이 말없이 이 광경을 바라보고 있었다

징검다리를 건너며

통금을 알리는 사이렌이 운 지 오래
유성기의 태엽이 늘어질 때면
슬픈 낭만의 찌꺼기조차 버려두고
취기를 추스르며 뒷문으로 살짝 빠져나온다

파출소를 피해 강둑을 따라 내려가
징검다리를 건넌다
짙은 어둠을 건넌다
단단한 돌덩이와 돌덩이 사이로
맵고 거친 시대의 물줄기가 흐르고
거기 언뜻언뜻 비치는 자유 닮은 불빛을 보면서
한 발 한 발 건넌다

군대가 짓밟은 캠퍼스에는 연기가 자욱하고
마을마다 거리마다 새마을 깃발이 펄럭이던 시절
장발 속에 감추어 둔 덥수룩한 저항이
강바람 어둠 속에 나부낀다

나는

이 단단한 돌덩이를 밟으며
얼마나 더 건너고 또 건너야
저 강 언덕에 닿을 수 있을거나

무한한 보편성의 언어

손남훈

　서정시의 세계관은 흔히 자아와 세계의 동일성으로 요약되곤 한다. 그러하기에 서정시에서 시간의 구축 양상은 시적 자아의 현재형 진술 속에 녹여져 있는 것으로 이해되고, 공간 형상화 또한 시적 자아가 어디에 정위되느냐에 따라 고정되는 것처럼 여겨지곤 한다. 말하자면, 서정의 진술을 지금, 여기의 발화로만 인식하고 마는 것이다. 그러나 서정의 시공간은 단순히 자아의 누빔점을 형상화한 것이 아니다. 왜냐하면 시적 자아가 보이는 의식의 지향성은 과거보다 더 먼 과거로도, 상상 가능한 미래보다 더 먼 미래로도 향할 수 있으며 경험적 공간을 넘어 비경험적 · 초경험적 지평마저 형상화할 수 있기 때문이다. 자아의 의지가 시공간을 확장하는 그만큼 언어는 무한히 비약하고, 증식하는 그 극한값만큼 서정은 시간을 무한히 연장하고 공간을 끝없이 확장할 수 있다. 서정의 동일성 개념은 기실 시공간의 한계 없는 확장을 통해 구성되는, 자아의 무한성에 대한 다시 쓰기라 할 수 있다. 서정은 한계를 설정하지 않는다.

　시를 언어 진술의 영역으로만 한정하고 그 미학적 전범을 감성적 표현의 장으로 국한시켜 미문주의의 세련된 판본으로 변질시킬 때, 서정이 겨우 재현/표현할 수 있는 것은 파편화된 자아의 형해화한 문자들뿐이며 부서진 세계의 원자화된 대상들뿐이다. 언어로 언어를 넘어서고자 하는 숭고한 시도가 사라진 자리, 시는 그저 최소한의 자기보존을 위한 창문 없는 단자(monad)에 불과하게 되어 타자를 향한 무한한 잠재성으로서의 마주침은 상상할 수 없게 된다. 자아의 발화가 타자에 가닿고, 그리하여 타자의 벡터가 또 다른 타자를 충격하고 결합하게 되는 무한한 연쇄반응. 에피쿠로스가 상상한 클리나멘의 운동은 서정의 무한한 말걸기를 의미하는 것에 지나지 않는다.

　백수인 시인의 시는 시공간의 무한한 확장이라는 서정의 본질적 요소에 충실하다. 다시 말해, 왜 서정적 세계관으로 진술해야 하는지 합당한 이유를 갖고 있다. 서정이라는 암묵적으로 합의된 형식, 그 자체에 매몰된 언어 나열이 아닌 것이다. 좀 더 구체적으로 언급하자면, 백수인 시인의 시편들은 시간적으로 현재와 과거를 비약적으로 오가며, 공간적으로 주체의 자기보존 지점을 넘어서 보다 커다란 지평을 향해 확장되어가는 시적 상상력을 보여주고 있다. 그러면서도 그 시적 스케일의 구심점에 언제나 자기 자신을 두고 있어 서정의 자기 본위에 충실해 있다. 이때 구심점으로서의 자기 자신이란, 대상에 대한 상실과 회복을 시인이 모티프로 삼고 있다는 점을 의미한다. 그리하여 자아 → 대상 → 세계로 확대되어가는 시적 이미지를 통해 서정이 지닌 자아의 무한성을 구축해가고 있는 것이다. 백수인 시인의 독특성과 보편성은 이와 같은 시세계 구현 방식에서 찾을 수 있다.

　서정시에서 시간은 언제나 시인의 편이다. 시인은 시간을 의식적 지향의 대상으로 삼아 연속적 시간을 비연속적 · 비약적 시간으로 바꾸어놓는다. 시인이 기억을 질료로 삼아 과거에 천착한다 하더라도 결국 그가 중심을 두고 있는 때는 바로 지금이다. 즉 회고는 서사처럼 과거와의 거리 두기로 형상화되지 않는다. 백수인 시인은 회고를 시적 모티프로 삼으면서도 단순히 과거에 머물러 있지 않고 이를 현재화하고 자기화하는 시편들을 제시한다. 이 시집의 첫 시편, 「섣달그믐」은 이러한 시간 인식을 잘 보여주고 있다.

　　할아버지 돌아가신 후 아무도 기거하지 않은 냉랭한 사랑채 아궁이에 군불을 땐다 칠 년 동안 비어 있던 가마솥이다 잔별 가득 영혼처럼 반짝이는 샘물을 길어 빈 세월을 채운다 바람에 구르던 낙엽 몇 잎이 불쏘시개다 불을 붙이자 매운 연기에 눈물이 왈칵 쏟아진다 눈물을 훔치며 몇 번을 붙이고 또 붙이자 이내 불꽃으로 타오르기 시작한다 한철 뙤약볕을 머금고 있는 콩깍지 몇 뭇을 태우고 한철 비바람을 보듬고 있는 깻단을 태우고 또 태운다 그리고 부러진 소나무 가지를 불타는 아궁이에 집어넣는다 한겨울 산골짜기를 훑고 지나가는 솔바람 소리 들린다 할아버지 한평생이 소나무의 나이테로 환하다 아궁이 안에서는 세상 모든 게 벌겋게 타오르다 결국은 새까만 숯으로 사라진다
　　나는 따끈한 아랫목에 할아버지 자세로 눕는다 할아버지 카랑한 기침 소리 들린다 섣달그믐 밤이 유성처럼 흐른다
　　　　　　　　　　　　　　　　　　　　　—「섣달그믐」 전문

이 시는 대립적인 이미지의 쌍이 시의 전반적인 주조를 형성하고 있다. 차가움과 따뜻함, 어둠과 밝음의 이미저리가 그것이다. 이 시의 화자는 "냉랭한 사랑채 아궁이에 군불을" 때어 한겨울의 차가움을 몰아내고 따뜻한 이미저리를 불러들이고 있다. 또한 한 해의 가장 어두운 "섣달그믐 밤"을 "환히"게 밝혀 대조적 상황을 설정하고 있다. 이는 그저 "아랫목"을 따뜻하게 하고 "유성" 같은 빛을 상상하기 위한 것이 아니라 돌아가신 "할아버지"에 대한 애도 행위이자 시적 자아와 할아버지 간의 혈연관계를 회복하고자 하는 일종의 상징제례로서의 의미를 지니고 있다. "세상 모든 게 벌겋게 타오르다 결국은 새까만 숯으로 사라"지는, 그렇게 모든 존재는 허무한 것임에 분명하지만, 그럼에도 이 시의 화자는 다시 불을 붙이는 "매운" 과정을 거쳐 존재의 실존성을 회복하고자 한다. 왜냐하면 할아버지에 대한 회고는 곧 부계로 이어지는 뿌리의 회복이자 자기 정체성의 복원이기 때문이다. 이는 불이 죽음과 부활, 재생의 원형상징적인 의미를 지닌 것인 데서도 확인된다. 궁극적으로 이러한 상징제례는 시적 자아가 죽음과 삶 사이의 심연을 넘어서고자 하는 상상의 지평을 제시하여 "따끈한 아랫목에 할아버지 자세로" 누워 "할아버지 카랑한 기침 소리"를 들을 수 있게 한다. 부재는 사라져 없는 것이 아니라 은폐되어 있었을 뿐이라는 것을 시적 화자의 상징제례 행위는 알려준다.

이와 같이 시적 자아와 혈연 관계에 놓인 대상과의 심연을 상상적으로 넘어서고자 하는 시적 시도는 「노루발」, 「아버지의 방」을 비롯한 1부의 다수 시편을 통해 구체적으로 제시되고 있다. 문제는 부재하는 대상에 대한 애도와 그 관계의 회복이 녹록치 않다는 점이다.

> 할머니 할아버지 돌아가시고
> 아버지 어머니마저 가셔버린
> 고향집 봄날
>
> 목련도 흰 꽃 피지 않더니
> 다투어 피어나던 철쭉도,
> 그 풍성하던 모란 한 송이도
> 피어나지 않는구나
>
> 아버지가 그토록 아끼시던
> 마당가의 소나무 한 그루
> 스멀스멀 말라 죽어가네
>
> 감나무 가지 끝에 홀로 앉아 우는
> 새소리만 빈 하늘로 날아오르네
>
> ──「어느 봄날의 쓸쓸함」 전문

　이 시의 화자는 세계를 온통 소멸하는 존재와 부재하는 존재들로만 인식하고 있다. 본래 있던 것과 있어야 할 것들이 더 이상 감각되지 않는 "빈 하늘" 같은 세계에서, 화자는 "홀로 앉아 우는" "쓸쓸함"을 느낄 뿐이다. 이러한 멜랑콜리적 세계 인식은 그저 있던 대상이 사라져버렸기 때문이 아니라 그 대상이 지녔던 곡진한 실존적 고통마저 사위어버렸다는 인식과 연관되기에 더욱 화자의 슬픔을 배가시킨다. 「아버지의 일기장─유배」, 「아버지의 일기장

－마당」에서 드러나는, 한 시대를 감내해야 했던 실존의 위기상황은 그저 과거의 것으로만 치부되고 지금, 여기 자아를 이루는 기억의 형상들마저 아스라해지고 만 것이다. 화자가 진정으로 슬퍼하는 것은 대상의 소멸이 아니라 그 소멸이 내포하는 보편적 실존성과 역사의 상실이다. 「남바우들판 건너기－바람과의 전쟁」과 같이 유년 시절의 화자를 회상하는 것도, 「시인의 무덤」처럼 "아득한 옛날의 시인"과 조우를 상상하고자 하는 이유도 자아를 이루는 과거의 기억들이 단지 한 개체의 실존성만을 구성하게 하기 때문이 아니라 이념의 시대를 감내하고 통과해야 했던 이들의 집단적 역사를 호명하기 위해서다. 이처럼 "이념 감옥의 죄수들, 땀과 피가 흥건했"(「아버지의 일기장－유배」 부분)던 때를 기억하고 재현하며 상기하는 시인은 아궁이에 군불을 때는 개인적 기억과 겹쳐져 보편적·역사적 존재로서의 고유명들을 시편에 새기게 된다.

시인은 혈연을 매개로 과거를 회상하면서도 이를 보편적인 기억으로 승격시키는 시적 발상을 보여주고 있다. 시적 대상과의 거리를 좁혀 과거의 시간을 현재화함으로써 자아의 시간적 확장을 구체화한다. 시간을 거리 두기의 대상으로 타자화하지 않는 시적 화자의 인식 방식은 서정의 본질에 등가되고 있는 것이다.

서정시에서 공간은 시적 화자의 인지 범위 내로 구성되는 것이 보통이지만, 시인이 형상화하는 상상력의 스케일에 따라 다르기에 한마디로 간단히 정리하는 것은 불가능하다. 일찍이 정지용이 「바다 2」에서, 파도를 지구적 크기로 확대했다가 연잎 위에 맺힌 물방울 모양으로 축소하기도 했던 것처럼, 시의 공간 형상화 방식은 크기의 문제라기보다 인식의 문제다.

중요한 것은 서정시에서 공간이 시인에 따라 어떠한 방식으로 형상화되며, 그것이 시인이 보여주고자 하는 시적 비전과 어떻게 연결되는지를 살피는 일이다. 공간에 대한 개성적 자기 인식과 형상화가 곧 시의 아이덴티티와 시적 경지를 판가름할 잣대가 될 수 있을 것이기 때문이다.

백수인 시인에게서 공간은 하나의 고정된 위치에 머무르지 않고, 연속적이고 확장적인 벡터를 가진 역동적 이미지로 형상화된다.

정남진 해동사
청년 안중근 의사가 살아 계시는 곳
하얼빈의 총소리가 사자산 골짜기를 쩽쩽하게 울리네

하얼빈 동경 126도
중강진 동경 126도
광화문 동경 126도
정남진 동경 126도
하얼빈의 총소리 정남진에서도 울리는가

지금 우리 고향 정남진 장흥에는 기찻길 건설이 한창
다리를 놓고 터널을 뚫고 철로를 새로 놓고 있네

우리는 어느 날
'정남진하얼빈역'에서 기차를 타네
사자산 머리를 돌아 제암산 터널을 지나 부산역
해운대 모래밭에서 태평양 건너오는 파도 소릴 듣네

다시 기차에 올라 대구역에 도착
달성공원 옛 토성에 올라 코끝 스쳐가는 달구벌 바람을 맞네
다시 기차에 올라 서울역
남산타워 꼭대기에서 한강 물줄기를 바라보네

우리가 탄 기차는 도라산역을 거쳐 개성역이네
선죽교 돌다리에 뿌려진 정몽주의 단심가
박연폭포 무지갯빛 물보라에 황진이 얼굴 어른어른
만월대 계단에 앉아 늙은 소나무 그림자에 젖어보네

평양역에 내려 대동강변 걷다가
기봉 백광홍의 「관서별곡」 자취 따라
연광정 → 부벽루 → 능라도 → 금수산 → 풍월루 → 칠성문 →
백상루를 돌아보고
신의주에 도착
압록강 푸른 파도, 비파곶, 파저강, 구룡소, 통군정을 돌아보고
단둥으로 건너가네

우리 기차는
창춘을 지나 어느덧 목단강, 흑룡강을 따라 올라 하얼빈역에 당
도하네
거기 우뚝 서 계신 안중근 의사,
또 한 발의 총소리가 만주벌 지나 한반도를 쨍하게 울리네
　　　　　　　　　　　　　　—「정남진에서 하얼빈까지」 전문

　이 시의 화자는 종횡무진하고 있다. 전남 장흥에서 출발하여 경
상남북도를 지나 서울, 개성, 평양, 신의주 등을 거쳐 하얼빈까지

당도하는 여정을 숨 가쁘게 제시하고 있다. 시인이 첫 출발지로 제시한 "정남진 해동사"는 매년 안중근 의사를 배향하고 있는 곳이며 화자의 고향이기도 하다. 시인에게 자기동일성으로서의 공간, 장소 사랑의 공간인 장흥의 상징적 가치는 그저 심상지리 안에 놓인 폐쇄적인 공간으로 절취되어 존재하지 않고 "동경 126도"의 수직적 지평에 근거하여 한반도 전역과 만주로까지 확대되고 있다. 이러한 광대한 심상지리학적 상상력은 대체로 지역과 장소를 시적 재현 대상으로 삼는 많은 시편들이 장소 나르시시즘의 함정에 빠져 장소의 우월성을 자기 정체성의 근거로 제시하는 경우와 대비되고 있다는 점에서 특기할 만하다. 왜냐하면 장소 나르시시즘은 그저 자기애의 확인에 불과할 뿐, 장소 사랑이 궁극적으로 견지하는 보편적 세계 인식을 보여주지 못하기 때문이다. 장흥에서 하얼빈으로 이어지는 시인의 장소 횡단은 안중근 의사를 매개로 이루어지고 있지만, 그것이 특정 인물의 우월함을 제시하기 위한 것이라기보다 우리가 보편적으로 새겨야 할 어떤 정신적 가치를 광대한 숭고의 영역으로 형상화하여 장소 사랑의 본질적인 의미를 제시하고 있는 것이다.

이러한 시인의 확장적 공간 인식은 두말할 나위 없이 서정이 제시할 수 있는 상상적 지평이며 백수인 시의 공간 재현 방식이 지닌 특성을 알려준다. 즉 시간적 확장과 등가되는 공간적 확대를 시세계 속에서 형상화함으로써 서정시가 지닌 시적 자아의 무한성, 그 무한성에 기초한 시인의 '보편적으로 추구해야 할 세계'를 시의 언술로 구체화할 수 있게 되는 것이다.

그렇다면 시인이 시를 통해 추구하는 세계의 모습은 어떻게 형상화되고 있을까? 백수인 시인의 시편들이 시간과 공간의 확대를 통해 자아의 무한성을 보여주는 서정시의 근본에 충실해 있다고 한다면, 그것은 그저 타자를 배제한 채 이루어지는, 자아의 주관적인 주장에 불과한 것이지 않을까?

우리는 주먹밥으로 뭉친 끈끈한 밥알들이다
산수동 오거리에서
대인시장에서
양동 닭전머리에서
광주의 어머니들이
뜨거운 손바닥으로 꽉꽉 쥐어 뭉친 동지들이다

우리는
광주 청년들 몽둥이로 두들겨 패고
무고한 시민들 사냥하듯 쏘아대던
무차별 무자비 살육의 부대
공수부대 군사 깡패들
모두 울 밖으로 몰아내고
평화가 출렁이는 광주를 지키는
시민의 아들 딸 시민군이다

교통도 통신도 끊긴 고립된 섬 광주의 오월
동네 가게에도 백화점에도 은행에도 마트에도
금남로에도 충장로에도 화순 너릿재 가는 길에도
시민들의 따뜻한 마음이 큰 강물로 흐르고 있다
역사 앞에 모든 이기심 다 털어버린

서로 어깨를 겯고 한 길로 나가는 대동 세상

우리는 시민 정신으로 꽁꽁 뭉친
뜨거운 주먹밥 속 밥알들이다
광주를 지키는 시민군들의 속을 데우는 주먹밥
그 안에 뭉쳐 있는 자유 민주 자주 인권 평화 통일의 불타는 열
망이다

— 「주먹밥」 전문

　80년 5월의 광주를, "무자비"한 "살육" 속에서도 훼손되지 않은
진정한 민주주의를, "고립"되어 있음에도 "서로 어깨를 겯고 한 길
로 나"갔던 체험들을 복원하고 재현함으로써 그 숭고한 의미와 가
치를 되새기고자 하는 시인의 과거 회상의 방식은 광주 곳곳의 장
소들을 호명하여 더 보편적 지평인 "대동 세상"에 이르기까지 확
장함으로써 "시민 정신"의 현재화된 의의를 밝히고 있다. 백수인
시인의 시편에서 시공간의 확대는 그저 자아의 무한성에 등가되
는 것으로 그치지 않고 이와 같이 타자의 타자성과 이질성마저 포
용하여 보편적으로 지켜야 할 가치와 의미를 오롯이 새기는 방향
으로 나아간다. 이를 시인은 「한라산 기슭에서 무등을 바라보네」
에서 "쉼 없이 출렁이는 생명의 파도"라는 공간적 인식과 "시대를
이어가는 영원한 정신"이라는 시간적 인식이 함축된 표현으로 제
시하기도 한다.
　중요한 것은 이러한 시공간의 확장 의식이 보편적 지평으로 나
아가기 위해서는 자기 자신으로부터의 끊임없는 이탈을 감행할
수 있어야 한다는 점이다. 시공간적 확장은 시인이 포착하는 대상

사물의 변화와 자신의 내적 전화(轉化)에 값할 때 비로소 진정성을 지닐 수 있기 때문이다. 백수인 시인의 시편들에 유난히 동적 이미저리가 풍부하게 나타나고 있는 것은 대상사물의 변화를 예민하게 포착해내는 시인의 시선 때문이다. 이를 외적 이탈의 시적 표현이라 한다면, 시적 자아의 내적 이탈 또한 시인의 시편들에서 찾아보기 어렵지 않다.

　　단 한 번도 당당하게 쳐다본 적이 없는 당신을 향해 걷는 길이었어요

　　환하고 널찍한 오르막길을 따라 고개를 넘고 있었어요. 숨이 목까지 차오르자 문득 먼 길 당기고 싶은 욕심에 지름길을 택해 숲속 길로 들어섰지요 그런데 얼마쯤 지나자 길은 자취도 없어지고 하늘 높이 솟은 편백나무 그림자가 나를 덮치고 내 눈을 가렸어요 그리고 나무의 썩은 시체들이 가로세로 즐비하게 누워 내게 손사래를 치고 있었어요 여기저기 웅덩이가 파여 검은 물들이 출렁거리고 동서남북의 방향이 그루터기 속으로 곤두박질쳐 박혀버렸지요 어디선가 도깨비바늘이 폭풍처럼 몰려와 내 몸에 치욕처럼 덕지덕지 달라붙었어요 가시 돋친 넝쿨들이 내 다리를 걸고 멱살을 잡았어요 하늘을 쳐다보면 나무우듬지들이 무서운 시선을 한꺼번에 내 몸에 내리꽂았어요 얼마나 많은 허방을 딛고 얼마나 많은 허공을 허우적댔던가 나는 그때서야 스스로 새 길을 만들 수 없다는 걸 겨우 깨달았지요
　　나는 살아남기 위해 몸을 낮추고 낮은 곳으로 낮은 곳으로 발길을 옮기기 시작했어요 아래로 더 아래로 줄곧 내려가자 마침내 어디선가 하늘빛이 터지고 편편하고 반듯한 새 길이 나왔어요 그 곁에 작은 시내도 졸졸졸 흘렀지요

그때서야 당신이 내내 나를 내려다보고 있었다는 걸 알았어요
　　환하게 뚫린 산길의 끝자락에서 나는 비로소 당신의 거룩한 얼굴
　　을 당당히 쳐다볼 수 있었어요

　　　　　　　　　　　　　　　　　　　　　　　—「억불바위」 전문

　　이 시의 화자는 추구의 대상인 "당신을 향해" 나아가고 있다. 하
지만 그 과정은 순탄치 않아 곧 목숨마저 담보할 수 없는 절체절
명의 상황에 이르게 된다. 이를 시인은 "동서남북의 방향이 그루
터기 속으로 곤두박질쳐 박혀버"렸다고 표현하여 하강의 이미지
와 한 점으로 수렴되는 극단적으로 축소된 공간 인식으로 표현하
고 있다. 반대로 "낮은 곳으로 낮은 곳으로 발길을 옮"겨 당도한 곳
은 "어디선가 하늘빛이 터지고 편편하고 반듯한 새 길"로, 수평의
이미지와 넓게 확장되어 가는 공간 인식으로 제시하고 있다.

　　이러한 대조적 상황 인식과 이미지 형상화의 차이는 화자의 내
적 이탈, 즉 지금까지 알지 못했던 것을 깨닫게 됨으로써 계기를
마련한다. 당신을 향해 걷는다고 생각했던 그 착각이 실은 "허방
을 딛고" "허공을 허우적"대는 것에 지나지 않았다는 것, 그 착각으
로부터 '이탈'하여 "당신이 내내 나를 내려다보고 있었다는 걸 알"
게 될 때에야 비로소 당신은 어느 시공간에 편재(偏在)된 존재가
아니라 여느 시공간에나 편재(遍在)되었음을 깨닫는다. 하강 이미
지와 결합된 시공간의 축소가 자아의 위기에 대응된다면, 반대로
수평 이미지와 결합된 시공간의 확장은 무한아인 '당신'을 "당당히
쳐다볼 수 있"게 되는 소중한 계기인 것이다. 시인은 「너럭바위」,
「뜬구름」, 「단풍나무의 근육」 등 직접적으로 '앎'이나 '깨달음'을 진

술하는 시편들뿐 아니라 시편 곳곳에서도 대상에 대한 섬세하고 직관적인 '견성'의 시선으로 자아와 대상사물의 변화를 포착해낸다. 그리고 이를 보편적인 미적 감성이나 시대 인식으로 제시하여 그 시적 풍격을 높이고 있다.

흔히 서정시는 따분하다고 말한다. 서정시의 시대는 이미 지나가버렸다고도 한다. 서정은 타자를 말살하는 알리바이에 불과하다고도 한다. 그러나 그와 같은 서정에 대한 비난이 조각난 자기 인식과 깨어진 사물을 무질서하게 나열하는 언어유희들에 대한 적확한 변명일 수는 없다. 서정(poetry)이 잘못된 게 아니라 서정시(poem)가 잘못된 것이다. 서정은 죄가 없다. 기실 우리는 서정의 본질을 궁구하지 못한 채 그저 타성적으로 쓰여진 시 아닌 시들을 흔히 보곤 한다. '거리의 서정적 결핍'이 왜 무한아로 도약할 수 있는지, 무한아에 대한 상상력이 어떻게 보편적 지평을 제시함으로써 우리에게 여전한 시적 감동을 줄 수 있는지 진지하게 고민하며 시작에 임하는 이를 만나기 쉽지 않다. 백수인 시인의 시편들은 그에 대한 적절한 모범답안을 우리 시단에 제시한다. 자아의 확장은 타자에의 말살이 아니라 타자와의 조우이며 언어의 한계를 넘어 인식 지평의 보편성을 제시하는 서정적 시도임을 그의 시는 보여준다. 백수인 시인은 서정의 서정성에 충실하다. 그러하기에 역설적으로 우리 시의 희귀한 예가 된다. 무한아를 향한 시인의 서정적 노력이 더 많은 꽃으로 흐드러지게 피어나기를 기대해본다.

孫南勳 | 문학평론가 · 부산대 교수

1 광장으로 가는 길 | 이은봉·맹문재 엮음
2 오두막 황제 | 조재훈
3 첫눈 아침 | 이은봉
4 어쩌다가 도둑이 되었나요 | 이봉형
5 귀뚜라미 생포 작전 | 정원도
6 파랑도에 빠지다 | 심인숙
7 지붕의 등뼈 | 박승민
8 살찐 슬픔으로 돌아다니다 | 송유미
9 나를 두고 왔다 | 신승우
10 거룩한 그물 | 조항록
11 어둠의 얼굴 | 김석환
12 영화처럼 | 최희철
13 나는 너를 닮고 | 이선형
14 철새의 일인칭 | 서상규
15 죽은 물푸레나무에 대한 기억 | 권진희
16 봄에 덧나다 | 조혜영
17 무인 등대에서 휘파람 | 심창만
18 물결무늬 손뼈 화석 | 이종섶
19 맨드라미 꽃눈 | 김화정
20 그때 나는 학교에 있었다 | 박영희
21 달함지 | 이종수
22 수선집 근처 | 전다형
23 족보 | 이한걸
24 부평 4공단 여공 | 정세훈
25 음표들의 집 | 최기순
26 나는 지금 운전 중 | 윤석산
27 카페, 가난한 비 | 박석준
28 아내의 수사법 | 권혁소
29 그리움에는 바퀴가 달려 있다 | 김광렬
30 올랜도 간다 | 한혜영
31 오래된 숯가마 | 홍성운
32 엄마, 엄마들 | 성향숙
33 기룬 어린 양들 | 맹문재
34 반국 노래자랑 | 정춘근
35 여우비 간다 | 정진경
36 목련 미용실 | 이순주
37 세상을 박음질하다 | 정연홍
38 나는 지금 외출 중 | 문영규
39 안녕, 딜레마 | 정운희
40 미안하다 | 육봉수
41 엄마의 연애 | 유희주
42 외포리의 갈매기 | 강 민
43 기차 아래 사랑법 | 박관서
44 괜찮아 | 최은묵
45 우리집에 왜 왔니? | 박미라
46 달팽이 뿔 | 김준태
47 세온도를 그리다 | 정선호
48 너덜겅 편지 | 김 완
49 찬란한 봄날 | 김유섭
50 웃기는 짬뽕 | 신미균
51 일인분이 일인분에게 | 김은정
52 진뫼로 간다 | 김도수
53 터무니 있다 | 오승철
54 바람의 구문론 | 이종섶
55 나는 나의 어머니가 되어 | 고현혜
56 천만년이 내린다 | 유승도
57 우포늪 | 손남숙
58 봄들에서 | 정일남
59 사람이나 꽃이나 | 채상근
60 서리꽃은 왜 유리창에 피는가 | 임 윤
61 마당 깊은 꽃집 | 이주희
62 모래 마을에서 | 김광렬
63 나는 소금쟁이다 | 조계숙
64 역사를 외다 | 윤기묵
65 돌의 연가 | 김석환
66 숲 거울 | 차옥혜
67 마네킹도 옷을 갈아입는다 | 정대호
68 별자리 | 박경조
69 눈물도 때로는 희망 | 조선남
70 슬픈 레미콘 | 조 원
71 여기 아닌 곳 | 조항록
72 고래는 왜 강에서 죽었을까 | 제리안
73 한생을 톡 토독 | 공혜경
74 고갯길의 신화 | 김종상
75 고개 숙인 모든 것 | 박노식
76 너를 놓치다 | 정일관

77 눈 뜨는 달력 │ 김 선
78 거꾸로 서서 생각합니다 │ 송정섭
79 시절을 털다 │ 김금희
80 발에 차이는 돌도 경전이다 │ 김윤현
81 성규의 집 │ 정진남
82 번함 공원에서 점을 보다 │ 정선호
83 내일은 무지개 │ 김광렬
84 빗방울 화석 │ 원종태
85 동백꽃 편지 │ 김종숙
86 달의 알리바이 │ 김춘남
87 사랑할 게 딱 하나만 있어라 │ 김형미
88 건너가는 시간 │ 김황흠
89 호박꽃 엄마 │ 유순예
90 아버지의 귀 │ 박원희
91 금왕을 찾아가며 │ 전병호
92 그대도 내겐 바람이다 │ 임미리
93 불가능을 검색한다 │ 이인호
94 너를 사랑하는 힘 │ 안효희
95 늦게나마 고마웠습니다 │ 이은래
96 버릴까 │ 홍성운
97 사막의 사랑 │ 강계순
98 베트남, 내가 두고 온 나라 │ 김태수
99 다시 첫사랑을 노래하다 │ 신동원
100 즐거운 광장 │ 백무산 · 맹문재 엮음
101 피어라 모든 시냥 │ 김자흔
102 염소와 꽃잎 │ 유진택
103 소란이 환하다 │ 유희주
104 생리대 사회학 │ 안준철
105 동태 │ 박상화
106 새벽에 깨어 │ 여국현
107 씨앗의 노래 │ 차옥혜
108 한 잎 │ 권정수
109 촛불을 든 아들에게 │ 김창규
110 얼굴, 잘 모르겠네 │ 이복자
111 너도꽃나무 │ 김미선
112 공중에 갇히다 │ 김덕근
113 새점을 치는 저녁 │ 주영국
114 노을의 시 │ 권서각

115 가로수의 수학 시간 │ 오새미
116 염소가 아니어서 다행이야 │ 성향숙
117 마지막 버스에서 │ 허윤설
118 장생포에서 │ 황주경
119 흰 말채나무의 시간 │ 최기순
120 을의 소심함에 대한 옹호 │ 김민휴
121 격렬한 대화 │ 강태승
122 시인은 무엇으로 사는가 │ 강세환
123 연두는 모른다 │ 조규남
124 시간의 색깔은 자신이 지향하는 빛깔로 간다
    │ 박석준
125 뼈의 노래 │ 김기홍
126 가끔은 길이 없어도 가야 할 때가 있다 │
    정대호
127 중심은 비어 있었다 │ 조성웅
128 꽃나무가 중얼거렸다 │ 신준수
129 헬리패드에 서서 │ 김용아
130 유랑하는 달팽이 │ 이기헌
131 수제비 먹으러 가자는 말 │ 이명윤
132 단풍 콩잎 가족 │ 이 철
133 먼 길을 돌아왔네 │ 서숙희
134 새의 식사 │ 김옥숙
135 사북 골목에서 │ 맹문재
136 왜 네가 아니면 전부가 아닌지 │ 정운희
137 멸종위기종 │ 원종태
138 프엉꽃이 데려온 여름 │ 박경자
139 물소의 춤 │ 강현숙
140 목포, 에말이요 │ 최기종
141 식물성 구체시 │ 고 원
142 꼬치 아파 │ 윤임수
143 아득한 집 │ 김정원
144 여기가 막장이다 │ 정연수
145 곡선을 기르다 │ 오새미
146 사랑이 가끔 나를 애인이라고 부른다 │
    서화성

푸른사상 시선 147

더글러스 퍼 널빤지에게